女子大生つぐみと古事記の謎

鯨 統一郎

角川春樹事務所

目次

女子大生つぐみと古事記の謎

最後に守るべきものは三種の神器しかない

三島由紀夫

「月刊ペン」昭和四十四年十一月号より

河原で幼女が石を拾った。

「この石、他の石より重いよ」

振りむいて男に言う。幼女は二歳ぐらいだろうか。無造作に垂らした髪が風に揺れている。

呼びかけられた男は三十歳ほど。痩せて背が高い。だが幼女の呼びかけに応えず背を向けたまま河原を見つめている。

「お父さん」

ようやく男は振り返った。

「この石」

幼女は拾った小石を手のひらに載せて父親に見せた。

「小さな石じゃないか」

「でも重い」

男は無言で幼女に近づき、もぎ取るようにして小石を掴(つか)んだ。

「重いでしょ？」

男は二、三度、小石を弄(もてあそ)ぶように手のひらを上下させる。

「そうだな」

幼女は顔を綻(ほころ)ばせる。

「たしかに他の石よりも重い。比重が違うんだ」

「ヒジュー？」

幼女は首を傾(かし)げる。

「鶫(つぐみ)、この石をどこで拾った？」

「ええとね……」

鶫と呼ばれた幼女は辺りを見回す。

「どこなんだ」

男の声が険しくなる。

「あの……」

男の声に怯（おび）えて答えることができない。

「鶫！」

鶫は顔を強（こわ）ばらせた。

一章　動きだした運命

森田つぐみはビールを飲みほした瞬間、判った気がした。

――神武天皇は、なぜ東征を続けたのか。

それが森田つぐみの頭に長年に亘って横たわっている疑問だった。いま通う大学を選んだのも〝大学の図書館に古事記関連の文献が豊富にあるから〟というのが理由だった。金銭に余裕のない森田つぐみだったが奨学金を得るだけの学力があったから進学することができた。

森田つぐみは中肉中背で顎まで垂らしたまっすぐな黒髪には光沢が浮かんでいる。無地のワンピースは地味だがクリクリとした目は目立っている。

（神武天皇は、もっと前から……）

神武天皇は紀元前六六〇年に即位した日本の初代天皇だが初代から九代までの天皇は架空の存在で第十代の崇神天皇からが実在の天皇だとする説が主流となっている。崇神天皇は三世紀もしくは四世紀に在位し西暦二五八年没とも三一八年没とも言われている。

　つぐみは架空なら架空でなぜ架空の存在が必要だったのかも大切な観点だと考えている。日本書紀によれば神武天皇は塩土老翁の〝東に美き地有り〟という言葉に従って九州日向から東進を続けて大和地方を平定したとされている。即位した場所も大和の橿原宮である。だが、つぐみは神武天皇が東進した理由に疑問を持った。

（即位するのなら九州日向で即位したっていいじゃないか）

　そう思ったのだ。東進するからには何らかの理由があったはずだ。東にまつろわぬ一族がいたら成敗してまた日向に戻ればいい。それなのに神武自らが東に居を移し続けた。それは何故なのか？　その答えが漠然としたイメージだが脳裏に浮かんだ。

「つぐみ」

　肩を揺すられた。

「何よ、返事もしないで」

　隣に坐るクラスメイトの五十嵐爽風だった。痩せた軀に薄い色のミニのワンピースを着ている。心持ち吊りあがった目には非難の色が見て取れる。

「ごめん。考え事をしていて」

　そう答えた瞬間、つぐみの脳裏に浮かんだ〝答え〟が逃げていった。

（あ……）

掴（つか）みかけたイメージが消えた。つぐみは必死に思いだそうとしたが思いだす事ができない。

（まだ……）

掴みかけた脳内に浮かんだ真実が逃げてゆく事がたまにあるのだ。

（だけど落ちついた場所でゆっくり考えればまた取り戻すことができる）

そのことも過去に何度も経験していた。

「つぐみは将来、何をしたいの？」

「え？」

「やだ。聞いてなかったの？　わたしは専業主婦になりたいっていう話」

「そうなんだ」

「つぐみは？」

「あたしは……」

判らなかった。

（あたしは将来、何になりたいんだろう？　何をしたいんだろう？）

答えが出てこない。

「そんな真剣に考えなくていいよ。それより二次会、カラオケだよ」

五十嵐爽風に腕を引っ張られて、つぐみは立ちあがった。

＊

居酒屋の前で男子学生二人が小声で話をしていた。一人は身長百七十センチほどだろうか。どちらかというと肉づきがよく見える。丸顔の額の辺りに艶のある髪の毛を無造作に垂らしている。着ているTシャツは有名ブランドの物だ。

「持ってきたか？」

その学生――藤本強が成川翔太に尋ねる。成川翔太は背は藤本強と同じぐらいだが藤本よりも痩せている。切れ長の目を持ち顔の輪郭もスッキリとしているので女子学生からは、そこそこ人気がある。だが藤本と比べると、どことなく気弱そうにも見える。

「持ってきたけど……。ホントに使うのか？　この薬」

成川翔太がバッグに入れているのはベンゾジアゼピン系の睡眠導入剤である。アルコールと共に服用すると強烈な眠気に襲われ昏睡状態となるいわゆるデートレイプドラッグである。悪用されれば抵抗できないまま犯されてしまう。アメリカでは違法ドラッグだが日本では処方箋薬として扱われているしネット上でも比較的容易に入手できる。

「使うさ。そのためにカラオケに誘ってんだろ」

「ヤバイよ。相手はクラスメイトだぞ」

「だから？」

「今までは他校の学生だったけど……」

「一度も露見てないだろ。証拠写真を撮っておけばチクられる心配はないんだよ」

「自殺した子もいるんだぞ」

「知るか。あれは俺のせいじゃない」

「森田さんは真面目そうだし」

「だからいいんだよ」

「松山さんに露見たら婚約解消になるかもしれないだろ？　気が強い人だから」

成川翔太は藤本強の婚約者である松山怜奈のことを言っている。共に資産家である藤本強と松山怜奈の両親が決めた婚約だった。将来の安定を考えて本人たちも納得して承諾した。資産の規模は松山家の方が大きく藤本強にとって松山怜奈と結婚することは絶対に反故にしたくない至上命令だと言えた。

「怜奈も今日は飲み会だ。家には来ないから大丈夫だ」

藤本が、そう応えたとき女子学生二人が居酒屋から出てきた。

「近くに知ってるカラオケがあるんだ。部屋も綺麗で曲数も多い。ドリンクの種類も豊富だし」

藤本が女子学生二人に言う。

「行こう、行こう」

答える五十嵐爽風の目には期待の色が浮かんでいる。

「あたしは帰るよ」

森田つぐみが言った。家に帰って脳裏から逃げた神武天皇東進の答えをじっくりと思いだしたかった。

「つぐみ。わたしを一人にしないでよ。ね、つきあってよ。三十分だけでいいから」

大学の飲み会があり二次会にカラオケに行こうという話になった。男子学生が藤本強と成川翔太の二人、女子学生も森田つぐみと五十嵐爽風の二人である。つぐみが帰ると爽風が一人になってしまう。

「でも、明日はゼミがあるから予習もしなきゃいけないし」

「つぐみは予習なんて、する必要ないよ。『古事記』も『日本書紀』も暗記するぐらい読みこんでるんだから」

「草薙剣（くさなぎのつるぎ）の研究をしてるんだろ？」

藤本がつぐみに訊（き）いた。

「うん」

「どうして？」

思わず、といった感じで成川が訊いた。

「小さな頃から、なんとなく興味があって」

「小さな頃から……。さすが俺たちとはデキが違う」

「つぐみは頭がいいんだよ」

「そんな事ないけど……」

「たまには息抜きも必要だぜ」

「そうだよ。それに、そんなに時間はかからないから。予習する余裕はあるって」

爽風は執拗につぐみを誘う。

「お願い。成川君とカラオケに行けるチャンスなんだから」

爽風がつぐみに耳打ちする。

「三十分ぐらい、いいだろ。二、三曲歌って帰ろうぜ」

本当は飲み会自体、乗り気ではなかった。つぐみの親友である阿知波理緒が参加できないことが判っていたからだ。

つぐみは、もともと酒には、あまり強くない。さらに人見知りもするから親しい友だちが参加しない飲み会には気後れしてしまう。だが三年生になって新しいクラスとなり親睦の会を拒否する理由も見あたらず、つぐみはクラス規模の飲み会に参加したのだ。そこで席の近かった者同士、自然にグループに分かれ、つぐみも会話に参加して、それなりに盛りあがった。その流れで〝カラオケに行こう〟という話になったのだ。一次会ならまだしも少人数でカラオケに行くことには、さらに躊躇いが生じた。鯉沼駿平がいない席に男子と参加することに抵抗があったのだ。

鯉沼駿平は同じ大学の吹奏楽部の仲間だった。まだ、つきあっているわけではないが〝いつか、つきあうようになるかもしれない〟という漠然とした予感を抱いている相手だ。

だが……。

一次会の居酒屋を出てからは断りにくい雰囲気も生まれた。つぐみたちの四人のグループは自然に他のグループと別れカラオケ店の前に辿りついた。

「ここだよ」

藤本が、つぐみを顧みることもせずに店に入ってゆく。成川が後に続く。

「行こう」

爽風が、つぐみの手を引いて店に入った。つぐみも仕方なくつきあうハメになった。

所定の手続きを経て部屋が決まると成川が四人分のドリンクを運んできた。すべて青い色のソーダの類のようだ。その色を見てつぐみが「あ」と声を漏らす。

「ウーロン茶が良かった？」

五十嵐爽風の問いかけにつぐみは小さく頷いた。

「ごめん、ごめん」

成川が笑いながら謝ると「まあ最初はこれで我慢してよ」と藤本が成川を庇うように言

う。

「判ったわ。じゃあソーダで乾杯」

爽風の音頭で四人は乾杯をした。

成川が勝手に青色のドリンクを選んだのは藤本の要請のためだった。成川が用意した薬物は悪用を防ぐために液体に溶かすと青く染まるように加工されている。なのでドリンクに薬物を混ぜたことが露見しないための手配だった。

乾杯を済ますと藤本が早速、歌いだした。次が成川、爽風と続いて、つぐみにもマイクが差しだされた。

「あたしは下手だから」

「だったら無理に歌わなくていい」

藤本の言葉に、つぐみはホッとした。つぐみを除く三人で歌が歌われ、それぞれドリンクを飲みトイレに立つ。つぐみがトイレに立つと藤本が成川に「悪いけど五十嵐と一緒にドリンクを持ってきてくれ」と頼んだ。藤本と成川のドリンクは空になっている。

「行こう、成川君」

五十嵐爽風が成川の手を引くように立ちあがった。二人が部屋を出て一人になると藤本はつぐみのドリンクに粉末の薬品を混ぜた。部屋のドアが開いてつぐみが戻ってきた。

「何をやってるの？」

藤本の手元を見てつぐみが不審気な顔を見せる。

「別に。オレのと間違えた」

成川と爽風がドリンクを手に帰ってきてウーロンハイを藤本に手渡す。

「サンキュ」

藤本は受けとると一気に飲んだ。藤本に誘導されたように成川と爽風も席に坐り、それぞれのドリンクを飲む。つぐみも自分の青いドリンクを口に含んだ。その瞬間、藤本は成川を見て笑みを浮かべた。

また三人が歌いだすと、つぐみは急激に眠気を感じた。気がつくと目を瞑っていた。

「つぐみ」

爽風に揺り起こされて目を開けた。

「あたし、やっぱり帰る」

「そう？　眠そうだもんね」

「眠いの。凄く眠いの」

「送ってこう」

藤本が立ちあがった。

「いいよ。一人で帰れるから」

つぐみは、そう言って立ちあがるが、すぐに蹌踉けた。それを藤本に支えられる。

「せめて駅まで送ってくよ」

「つぐみ。そうして。わたしが心配だから」

つぐみが返事をする前に藤本がつぐみの躯を抱きかかえるようにしてドアに向かった。

「成川は五十嵐と待っててくれ」

振り返って二人に言う。

「森田を駅まで送ったら戻ってくるから」

「悪いわね」

応える爽風の顔は嬉しそうだ。その笑顔を横目で見ながら藤本はつぐみと一緒に店を出た。

目の前の大通りに目を遣ると藤本はサッと手を挙げる。二人の前にタクシーが停まった。ドアが開くと藤本は、つぐみを後部座席に押しこみ自分は隣に坐る。意識が朦朧としているつぐみは藤本の為すがままにされている。

「東中野まで」

行き先を告げるとタクシーの運転手は無言で車を発車させた。三十分ほど走ると藤本が簡単な道案内をして目的地に到着しタクシーが停まった。住宅街の一角に建つ八階建てマンションの前だ。

「釣りは要らない」

藤本はつぐみを引っ張りだすようにして降ろすと躯を支えながらマンションに入り、キイを出してオートロックのドアを開けた。そのまま廊下を通りエレベーターに乗り最上階の自室に入る。

「着いたぞ」

自室のドアを開けて、つぐみを中に入れる。後ろ手でディンプルキイだけ閉めると待ちきれないかのように急いでつぐみを寝室まで連れてゆきベッドに寝かす。つぐみはベッドに俯せに倒れこんだ。そのまま目を瞑って寝入ってしまったようだ。

藤本は、つぐみを仰向けにさせて剝ぎとるように上着を脱がせた。ワンピースも脱がせて、つぐみはベッドの上で下着だけの姿にされた。藤本は予めセットされていたスマホの録画ボタンを押す。

(ん?　何だこれ?)

藤本はつぐみの胸を凝視した。二つの胸の膨らみの間、ブラジャーの上辺りにX型の拳大の痣がある。交差した線はどちらも剣のように見える。

(かっこいいじゃねえか)

藤本は別のスマホを取りだし、そのX型の痣を写真に収めた。二、三枚撮ってスマホをしまうと、つぐみのブラジャーのフロントホックを外す。形の良い胸が顕わになる。藤本は思わず笑みを浮かべた。つぐみの意識は、まだ朦朧としたままだ。目を瞑ったまま幽かな呻き声をあげている。

「楽しもうぜ」

藤本はつぐみの胸を両手で包んだ。

＊

赤坂の料亭の離れに二人の人間が木目のテーブルを挟んで向かいあって坐っていた。

「上原君は民和党を追いだす考えを持っているそうだな」

低く深みのある声を発したのは帝松翠嵐。日本の防衛産業の主軸〈千代田帝興業〉の会長であり同時に千代田銀行、千代田保険、千代田新建設、千代田帝土地開発、千代田鉄道など巨大コングロマリットを束ねる千代田グループの総帥でもある。七十六歳になるが矍鑠としていて筋肉質の軀は弛みが感じられない。ギョロリとした目から強い光を発している。

「そのようです」

応えたのは時の総理大臣・岡本満里子である。三十九歳の時に女性初の官房長官に就任した政界のエリートで、その後、十年を経て、やはり女性初の首相の座を手に入れた。

「君は、どう思う？」

「妥当な判断かと」

帝松が口にした上原とは〈華席院〉の代表を務める上原忍のことである。

現在、政権は最大勢力の新自由党と第二党の民和党、そして〈祠剣会〉と一体の関係にある〈華席院〉の三党が連立与党を構成している。

以前は最大勢力である新自由党が単独で政権を担っていた。だが度重なる不祥事で求心力を失い左派野党の連合軍に政権を奪われるに至る。

ところが……。

政策の異なる寄せ集めの連合軍が長続きするはずもなく左派連立政権は分裂の兆しを見せ始める。そのゴタゴタを復活の機会を狙っていた新自由党が逃さなかった。連合軍の中で冷遇されていた民和党に働きかけ寝返りさせることに成功したのだ。こうして右派新自由党と左派民和党の捻れた連立与党が誕生したのである。その際、わずかに足りなかった過半数までの議席数を弱小新興政党である〈華席院〉を仲間に入れることで補った。〈華席院〉は、もともと新自由党と政策面で親和性が高かったのだ。また〈華席院〉の本体である政策研究団体〈祠剣会〉には実は党派を超えた会員が存在する。新自由党の中にも多数の会員がいるから〈華席院〉が与党の一角をなすことに抵抗感はなかった。

与党三党の議席数の比率は新自由党6、民和党3、華席院1となった。

「〈華席院〉は、このところ急速に力を増していますから」

最近の勢力図は新自由党5、民和党3、華席院2に変わっている。その〈華席院〉の代表である上原忍が連立与党の一角である民和党を外そうと画策しているというのである。

「では連立は新自由党と〈華席院〉の二党で？」

「そうなります」

「それで民和党は納得するのかな？」

「もともと政治理念の異なる党です。連立している方に無理があります」

「しかし民和党を外して与党を維持する議席数を保てるかな？　新自由党単独では議席数が足りない」

「〈華席院〉と合わせれば何とか」

「その時期が来ていると？」

「上原さんは、そう思っているようです」

「あなたは？」

「それも可能かと」

帝松は頷いた。

「その次は？」

「その次？」

「連立から民和党を外し政策、思想が共通する党だけで連立与党が成立した暁には、どうする?」

「それは……。理想の国家に近づけるように邁進するだけですが」

「理想の国家に近づけるとは?」

「我が国を世界平和を実現できる強い国に創りあげることです」

「その通りだ」

帝松は大いに頷いた。

「その理想が古事記に記されているのを知っているか?」

「古事記に?」

「そうだ」

「知りませんでしたが……。そのような事があるのですか?」

「秘密は草薙剣にある」

「草薙剣……」

帝松の目が鈍く光った。

*

星野仙夢が抑え気味の声で訊いた。

「あの事故が殺人だっただと？」

星野仙夢は編集プロダクション〈スタープレス社〉の社長にして〈週刊ヴァーチャル〉の編集長だ。ほとんど白髪だが、まだ、さほどの歳ではない。社内では酒の飲み過ぎで白髪になったと噂されている。オールバックにした豊かな髪は波打ち、まるでライオンの鬣のように見える。鷲鼻の上の大きな目は鋭い光を放っている。

「間違いありません」

犬飼大志郎が応える。犬飼大志郎は二十七歳。〈週刊ワード〉および〈週刊ヴァーチャル〉所属のライターである。身長は百八十センチ近いが、どちらかといえば痩せてスラリとした体格だ。整った顔立ちをしている。口がよく回り、それを嫌う女性もいるし好む女性もいる。

「死んだのは〈祠剣会〉の幹部だぞ」

三年前に政策研究団体〈祠剣会〉の幹部の一人である永江陽一という三十八歳の男性が自動車事故で死んだ。

「うちでも〈祠剣会〉を追い始めましたからね。その流れで摑んだ情報です」

〈祠剣会〉と表裏一体の関係にある政党〈華席院〉が、このところ急速に勢力を拡大し始めている。次の選挙で第一党になってもおかしくないほどに。追わない手はないとの星野の判断で追い始めたテーマだ。

〈週刊ヴァーチャル〉は、いわゆる男性週刊誌である。扱うテーマは多岐に亘る。グラビアページは元より時事ネタ、政治・経済ネタからスポーツ、芸能関連の記事も多い。編集長始め編集部員たちも幅広い好奇心がなければ務まらない。星野仙夢も、あらゆる分野の話題に通じた人物だ。

「〈華席院〉が勢いを増している。当然〈祠剣会〉からも目が離せねえ」

〈華席院〉は〈祠剣会〉が起ちあげた政党である。

「永江陽一は〈祠剣会〉の何かを内部告発しようとしていた節があるんです」

「内部告発？」

「ええ。その矢先の事故死です。タイミングが合いすぎます」

「内部告発の内容は？」

「それは判りませんが、いくつかの新聞社の記者と会う算段をしていたらしいんですよ。これはライター仲間の情報です。まだ裏は取ってませんが取材の許可をもらえたら、すぐにでも確認を取ります」

「事故死が人為的だという確証は？」

「事故を目撃した人の証言によると永江陽一の運転していた自動車のタイヤが突然パンクしたようなんです。そこが、まず引っかかります」

「なるほど。だがパンクは、あり得ないことでもない」

「〈グリーン協会〉に輪島アリスという社員がいます」

〈グリーン協会〉は探偵社だが〈祠剣会〉および暴力組織〈虎泉組〉と深い繋がりがある。

そのことは星野も知っている。

「輪島アリスは民間人ながら射撃の県大会で準優勝したことがあるんです。優勝したのは招待選手の警察官でした」

「ちょっと待て。輪島アリスが射撃で永江陽一の車をパンクさせたというのか？」

「その可能性は充分にあると思っています。林とか障害物がたくさんある場所ならともかく見晴らしの良い場所で事故に遭ってますから狙撃が成功する可能性は高いですよ」

「射撃をしたらタイヤ等に痕跡が残るだろう」

「どうでしょうかね。車は大破して炎上しています。射撃痕を検出するのは難しいのでは？」

星野は考えこんだ。

「たとえそうだとしても永江陽一は有名人でもない。俺たちが扱うネタじゃないだろう」

「二十年ぐらい前にも同じような事件が起きてるんですよ」

「二十年前に？」

「畾征治朗が若い頃に人を殺していたんです」

星野は一瞬、キョトンとした顔をした。

「おいおい」

今度は笑みを浮かべる。

「轟は〈祠剣会〉の会長だぞ」

「ええ」

「〈祠剣会〉といえば日本の政策を決めていると言われている政策研究組織だ」

「だからこそスキャンダルなんですよ」

「どこから、そんな話が出たんだ?」

「〈祠剣会〉を調べていて妙なことに気づいたんです」

「妙なこと?」

「ええ。二十年近く前に〈祠剣会〉のメンバーに般若恒成という古事記を研究している学者がいたんです。著書もありませんから知ってる人は、ほとんどいないと思いますが」

「知っている。失踪して、その後、事故死した」

「ご存じでしたか。さすがですね」

「当時、ちょっとしたニュースになったのを覚えてるんだ。珍しい名前だったからな」

「相変わらず記憶力がいい」

「その般若がどうした」

「般若が事故死と判断される前に、一度、警察が動いているんです」

「事故死でも、とりあえず捜査はするだろう」

「捜査本部まで立ってるんですよ」

「なに？」

「捜査本部が立ったということは警察が殺人だと判断していたからじゃないですか？」

星野は答えない。

「なのに突然、事故死ということになって捜査本部は解散したんです」

「事故死の証拠が出たんじゃないのか？」

「出てません。具体的な証拠もなく状況的に事故死だと判断されただけです。それも突然ですよ」

「殺人だったのに上からの圧力がかかって事故死として処理されたということか？」

「ええ」

「あり得ない話じゃないな。〈祠剣会〉は千代田グループの政治資金財団〈玉蘭会〉と繋がっている。そして〈玉蘭会〉は傘下に指定暴力団の〈虎泉組〉を抱えているんだ。暴力事件の一つや二つ起こっていても不思議じゃない」

「でしょう。その犯人が轟なんですよ」

「会長なのに？」

「当時は下っ端でしたよ」

犬飼は星野を見つめる。

「その犯人が罍だという根拠は？」

「罍が〈祠剣会〉の中で頭角を現すのは般若の失踪以降なんです。ヤクザの鉄砲玉が出所後に出世する構図に似てませんか？」

「似てるだけじゃ、どうにもならん」

「だから調べてみたいんですよ。やってみる価値はあると思います」

「追いこめる自信はあるのか？」

「判りません。でも見過ごすことはできないネタです」

「そう思うならやってみろ」

「星野さん……」

「具体的には、どこから手をつけるつもりだ？」

「〈グリーン協会〉の車に発信器をつけて動向を追おうと思っています」

「そんなやりかたを教えた覚えはないぞ」

「業界仲間から教わったんです」

星野は溜息をついた。

「だが気をつけろ。下手をすると命の危険もあるぞ。相手は〈祠剣会〉だし、もし本当に殺人を厭わない過去があったのなら尚更だ」

「判っています。でも有耶無耶にして、いいわけがありませんから」

「たしか般若の書いた論文が」

星野が記憶を手繰りよせる。

「草薙剣に関するものだったような気がする」

「草薙剣？」

「ああ。それが何か失踪に関係があるのか……」

犬飼には見当がつかなかった。

＊

森田つぐみのブラジャーを脱がせると藤本は続いてショーツに手を伸ばし一気に下げて足から外す。つぐみはベッドの上で仰向けのまま全裸にされた。その姿を見て藤本が唾を飲みこむ。

藤本は気が急いた様子で自分の服を脱ぐ。全裸になると、つぐみに覆い被さる。藤本の軀とつぐみの軀がピタリと重なり体温を肌で感じる。

しばらく自分の軀でつぐみの軀の感触に浸ると次に、つぐみの唇を吸う。つぐみが無意識のうちに顔を背ける。藤本はつぐみの顔を両手で元の位置に戻して執拗に唇を吸う。手は、つぐみの胸を揉む。つぐみが目を開けた。目の前に藤本の顔がある。

藤本はかまわずに軀を下にずらして、つぐみの胸を吸った。思わずつぐみが仰け反る。

藤本は一気につぐみに挿入しようとする。

チャイムが鳴った。藤本の軀がビクッと震える。チャイムが、また鳴った。藤本はチャイムを無視して腰を動かす。

ドアが開く音がした。藤本は動きを止めた。

「何やってんのよ！」

女性の怒鳴り声が寝室に飛びこんでくる。振りむくと若い女性が険しい顔で藤本を睨んでいる。

「怜奈……」

藤本のカノジョ……松山怜奈だった。背がスラリと高く茶系のロングヘアが揺れている。

藤本はベッドから下りて毛布で身を包んだ。つぐみの目がパッチリと開いた。

「あの……」

事態が飲みこめない様子だ。

「誰なの？　この娘」

「大学のクラスメイトだよ」

「また薬を盛って連れこんだの？」

「違うよ」

「警察沙汰(ざた)になるのはごめんよ。うちの経歴にも傷がつくわ」

「判ってる」

「今後、一切こういうことは禁止よ」

「あ、ああ」

「あんた」

松山怜奈はつぐみに顔を向けた。

「あんたもノコノコついてくんじゃないわよ」

「でも……」

「帰って」

つぐみは辺りを見回す。自分が裸でいることに気がつくと小さな悲鳴をあげて両手で軀を包みこむ。

「早く！」

そう叫ぶと怜奈は床に落ちていたワンピースをつぐみに放(ほう)り投げた。つぐみはそれを受けとるとベッドから下りて後ろを向いて急いでワンピースを着ようとする。指先が震えて、なかなか着ることができない。

「さあ」

まだジッパーを閉めきっていないつぐみの手を怜奈がムリヤリ引っ張って玄関まで連れてゆく。つぐみは自分のスニーカーを履いた。

「二度と来んな！」

そう叫ぶと怜奈は、つぐみを玄関の外に突き飛ばした。つぐみは蹌踉けて通路に倒れる。ドアが乱暴に閉まる音がした。つぐみは倒れたまま呆然とドアを見た。

(まだバッグが部屋の中だ)

マンションの通路に倒れたままボンヤリとそんなことを考える。

「うちも帰るわよ。気分を壊した」

大きな声と共に松山怜奈が出てきた。騒ぎを不審に思ったのか隣の部屋のドアが開いて四十代と思しき男性が顔を見せる。つぐみは、それには気づかず松山怜奈に「あたしのバッグが」と声をかける。

「知るか！」

つぐみはヨロヨロと立ちあがる。その様子を怜奈が振りむいて見ている。つぐみは藤本の家のドアを開けた。鍵は、かかっていなかった。玄関から続く短い廊下の奥に藤本の姿が見える。

「あの……あたしのバッグを」

藤本は一旦、奥に向かい、つぐみのバッグを手に戻ってきた。

「帰れ」

小さな声で言うとバッグをつぐみに向かって放り投げる。だがバッグは玄関の手前の廊下に落ちた。藤本は、それを見ることもなく、また奥に戻ってしまった。つぐみは仕方なく中に入りバッグを掴むとドアを開けて玄関から出た。隣の住人も松山怜奈もすでにいなかった。

（これで帰れる）

バッグを手にしてそう思った。だが……。

意識は戻ったが記憶がハッキリと戻らない。それでも、つぐみはバッグを手に歩きだす。しばらく無意識のうちに歩くと目の前に駅があった。つぐみはバッグからパスモを出して改札を通る。自分の家の最寄り駅を思いだした。

しばらくボウッと電車に揺られていると聞き覚えのある駅名がアナウンスされて、つぐみは慌てて降りる。改札を出るとハッキリと自宅への道筋を思いだした。

（あたし、何をしてたんだろう？）

藤本の部屋から女性にたたき出されたことは覚えているが、その前の記憶は朦朧として定かではない。

（酔いすぎて藤本君に介抱されたのかな？）

でも、おかしい。意識をなくすほど飲んだ覚えはない。それに自分の家ではなくて藤本の家にいたことも解せない。

無意識のうちにバッグから財布を取りだして中に入れてある御守りを確認する。鳥居が縫いこまれた見慣れた御守り。

（園長先生にもらった御守り。優しくて頼りになる園長先生に……）

つぐみが育った養護施設〈ライフポート〉の園長、内野旭のことを忘れたことはない。

（大丈夫。あたしには御守りがついてる）

風が吹いてワンピースの裾が捲れそうになり思わず手で押さえる。その瞬間、自分が下着を着けていないことに気がついた。

＊

千葉貴子が三宅ディレクターに肌を擦りよせた。

「ちょっと、近いよ、千葉君」

「人に聞かれたくない話なんです」

千葉貴子は二十八歳。ラジオ局関東放送のレポーターをしている。Tシャツに短パンという簡単な出で立ちである。身長は百六十センチほど。スリムな体つきだが出るところは出ていて均衡が取れている。卵形の白い顔の中には形の良い目や唇がバランス良く収まっている。ストレートの髪の毛は肩先まで伸ばしている。

「また何か危ないネタを摑んだの？」

「危なくはないですよ」

「ならいいけど」

「とてつもなく興味深いネタなんですよ」

「どんなネタ？」

「草薙剣を追ってたんです」

「草薙剣？」

「ええ」

「草薙剣がどうしたの？」

「〈祠剣会〉本部の入口に草薙剣が飾ってあるのは知ってます？」

「いや、知らないけど」

「飾ってあるんですよ。レプリカですけど」

「ああ、そう。で、それが？」

「ある噂があるんです」

「噂？」

「ええ。〈祠剣会〉は本物の草薙剣を所有しているっていう噂です」

三宅ディレクターが頓狂な声をあげる。

「草薙剣って古事記に出てくる剣だろ？」

「そうですよ。須佐之男命が八岐大蛇を退治したときに八岐大蛇の尻尾から出てきた剣です。『日本書紀』によれば元の名前は天叢雲剣です」

「それが本物だった？」

「そういう噂があるんですよ」

「ちょっと、ちょっと。草薙剣って宮内庁かどこかが管理してんじゃないの？」

「今は名古屋の熱田神宮が管理しています」

「え、そうなの？」

千葉貴子が頷く。

「草薙剣が三種の神器の一つだってことは知ってますよね？」

「うん、かろうじて知ってる」

三種の神器とは天皇が天皇であることを証明するものとして伝えられる玉・鏡・剣の三つの宝物のことである。玉は八坂瓊曲玉、鏡は八咫鏡、剣が草薙剣である。

「草薙剣は須佐之男命が八岐大蛇を退治した際に体内から取りだされた剣。八咫鏡は天孫降臨の際に天照大神が邇邇芸命に授けたもの。八坂瓊曲玉の由来はよく判っていません」

「よく調べたね」

「もっと詳しく言うと邇邇芸命が天孫降臨の際に天照大神から授けられたのは実は十種神宝といって十種類あったともいわれるんですけど、その中に鏡も剣も玉もあるんです」

「十種類じゃ多いから三種になったのかな」

「かもしれませんね」

「いずれにしろ神話だろ？」

「ですね。実際のところは初代天皇が皇位の証として造らせたものだと思います。それが三種の神器なんです」

「皇位の証か」

「ヨリシロ？」

「はい。別の言い方をすれば自分の分身です。依代、御霊代です」

「神霊が宿るものです」

「なるほどね。でも三種の神器って海に沈んだって聞いたこともあるような気がしてきた」

「そう思ってる人が多いですよね」

「違うの？」

「平家が滅亡したときに平家側の安徳幼帝と共に草薙剣も壇ノ浦に沈んだんですけど、それは宮中に置かれていたレプリカなんです」

「レプリカ？」

「ええ。研究者の戸矢学さんはレプリカよりも分身と呼んだ方がいいって言ってますけど」

「分身……」

「それはともかく……。本物は壇ノ浦に沈むよりも前から熱田神宮に保管されていたんですよ」

「そうなんだ。今でも熱田神宮に？」

「そうです。ところが」

千葉貴子は更に三宅に軀を寄せた。

「その熱田神宮に保管されている草薙剣もレプリカで、本物は〈祠剣会〉が所有していたという噂があるんですよ」

「どうせガセだろ」

千葉貴子は左手で三宅ディレクターの腰を摑んだ。二人は抱きあう格好になる。

「火のない所に煙は立たず。ガセっぽい噂が立つ素地はあったんです」

「どういうこと？」

「熱田神宮に伝わる実見記録から熱田神宮の剣は渡来の剣だと推測されるんですが、草薙剣が渡来の剣だなんておかしいですよね？」

「それはおかしいね。三種の神器なんだから」

「つまりそのことが熱田神宮の草薙剣は本物じゃないことを示してるんじゃないかと思うんです」

「それは千葉君が思うだけだろ？」

「そうですけど、ここからが本番です」

　貴子は更に軀を三宅に密着させた。

「二十年ほど前に〈祠剣会〉に般若という研究者がいたんです」

「般若……。それ、人の名前？」

「そうです。般若恒成」

「変わった名前だね。その人が何か？」

「熱田神宮にある草薙剣も実は本物じゃないって論文を発表してるんです」

「ええ？」

「実は壇ノ浦の戦いで海に沈んだ草薙剣は、その前にも海に沈んでいるんですけど」

「壇ノ浦の前に？」

「ええ。西暦六六八年、これは天智天皇七年ですけど、新羅の僧、道行が熱田神宮から草薙剣を盗みだしているんです」

「そんな事があったんだ」

「ところが新羅に持ち帰ろうとしたときに舟が難破して失敗に終わります。草薙剣は熱田神宮に戻されました」

「無事に戻ったんだ」

「そう思われていたんですけど」

「違うの？」

「般若恒成は違うと書いています」

「違うってことは、草薙剣は海に沈んだままってこと？」

「海からは引きあげられましたけど保管した場所は熱田神宮じゃなかった。般若はそう考えたんです」

「熱田神宮じゃなかったらどこに保管されたんだよ」

「それを発表する前に般若は亡くなったんです。最初の発表は予告編的なものに過ぎなかったんです」

「どこで発表したの？」

「ネットです。自分のホームページで。今は削除されて見ることはできません」

「それを番組で取りあげようって言うの？」

貴子は頷く。

「難しいよ。ネタがちょっと危ないし」

貴子は三宅ディレクターをさらに抱き寄せた。

「難しいのは承知です。でも、こういう説もあるよって紹介するのもジャーナリスト、マスコミの役目だと思うんです」

「それは判るけど」

「後は受けとる人の判断に任せるとか……。どこからもクレームのつかないやり方は三宅さん、うまいじゃないですか」

「う、うん」

三宅にも、いささかの自信はあるようだ。

「でも、どうして千葉ちゃんは、そんなに草薙剣に執着するの？」

「日本を揺るがす重大発見に繋がるかもしれないからですよ」

「日本を揺るがす……」

「だってそうでしょう、三種の神器ですよ」

「たしかに。三種の神器に関する大スクープをものにしたら君は一躍大スターか」

「その通りです」

貴子はニッと笑った。

「でも真相は判らないんだろ？」

「だからこそ取材をして確かめるんでしょう」

三宅は考えている。

「そして取材をする過程で、あわよくば真相に辿りつきたいんです」

「学者だって解明できていないのに？」

「般若は解明していました」

「そこに戻るわけか」

「そうですよ。わたしは般若が解明した答えを見つけるだけです。その辺りを、今夜、飲みながらゆっくり話しませんか？」

「飲みながらね」

結局、自分が貴子の申し出を受けいれることを三宅は知っていた。

＊

新宿区西新宿の小振りなビルの二階に探偵社〈グリーン協会〉の事務所がある。その三階は〈グリーン協会〉のコンピュータルームである。狭い部屋だが二十五台のコンピュータが設置されている。すべて柴峡子の要請だった。

空になったコーヒーを注ぎたそうと柴峡子はデスクのパソコンの前から離れた。事務所内のキッチンでコーヒーを注ぎたす。柴峡子は二十二歳。背が低く地味な服を着て表情に乏しいので街を歩いていても人目を惹くことがない。だがコンピュータに関する知識、技術、能力で自分よりも上の人物に会ったことはなかった。

デスクに戻りかけたときにアラーム音が鳴った。自分のデスクのパソコンを見ると赤いランプが点滅している。急いで席に戻りディスプレイを確認する。

（見つけた）

長い間、探し続けていたが見つからなかった対象を遂に発見したのだ。柴峡子はすぐさま〝対象者発見〟の連絡を入れた。

＊

十菱仙蔵が〈虎泉組〉に出向くと新入りの若手が睨みつけてきた。

「誰だあんた」

「口の利き方に気をつけろ。俺は〈グリーン協会〉の十菱だ」

十菱が胴間声を張りあげて応える。十菱仙蔵は六十歳。探偵社〈グリーン協会〉の社長である。背が高く体重はかなりありそうだ。赤ら顔で血色も良く見える。

「〈グリーン協会〉？　うちの下請けか」

十菱は若手の腹に鉄拳(てっけん)を撃ちこんだ。若手は腰を折った。

「て、てめえ」

若手が反撃しようとしたとき顎を蹴(け)りあげる。若手は蛙(かえる)が押しつぶされたような声をあげて仰け反った。

「〈グリーン協会〉は〈虎泉組〉の中でも選(え)りすぐりのエリートしか入れないんだ。嘗(な)めた口を利くんじゃねえ」

十菱は容赦なく蹲(うずくま)っている若手に蹴りを浴びせ続ける。

「俺は人を殺すことなど何とも思っちゃいねえ。現に過去に三人、殺している」

十菱は更に足を振りぬく。

「十菱さん」

声がした。

「その辺で勘弁してやってください」

奥から〈虎泉組〉組長の藤井直也(ふじいなおや)が顔を出す。まだ二十代と思しき若い組長である。

「すみません」

十菱が頭を下げたときスマホの着信音が鳴った。藤井に断り確認するとメールが届いていた。素早く内容を読む。

「何の連絡ですか?」

「長年、探し続けていたものが見つかったという報せです」

「それは良かった。定期報告は今日はいいですから、そちらの処置をしてください」

十菱は一礼すると床で呻いている若い者に目もくれずに事務所を出ていった。

＊

京都府宮津市天橋立の南に那芸神社は位置する。本殿の手前には石で造られた鳥居が建つ。通常、鳥居は二本の柱と二本の横木から構成されている。上の横木は笠木といい下の横木は貫という。貫は角柱が多いが円柱が使われている神社もある。那芸神社の貫は、そのどちらでもない。剣の形をしているのだ。平べったく向かって右側の先が尖っている。その特異な鳥居を潜ると本殿がある。本殿の左側には欅の大木……ご神木が聳える。ご神木の前で上半身裸になって剣を構えている筋骨逞しい男は罍征治朗である。罍の横の台には衣服とスマホが置かれている。

剣の長さは二尺八寸……およそ八十五センチ。幅は十センチほどもあろうか。刃先は鋭く鍔はない。精巧に造られた草薙剣のレプリカである。

罍の目の前には竹を芯にして藁を巻いた巻藁が五本、立てられている。

罍は剣を腰の辺りに構えた。そのまま裂帛の気合いと共に薙ぎ払う。罍の前にあった五本の巻藁はすべて中程から切断された。

「お見事」

声をかけたのは那芸神社の神主である野澤慎二（のざわしんじ）である。野澤は五十三歳。中肉中背で濃い体毛と鋭い眼光の持ち主である。

「ここに来るといつも心が洗われます」

轟がそう言って野澤に一礼したときスマホの着信音が鳴った。轟はスマホを手に取り通話ボタンを押すと一言二言話して通話を切った。

「野澤さん。私は東京に戻ります」

「急用でも？」

「探していたものが見つかったようです」

「それは良かった」

野澤がニッと笑みを浮かべた。

＊

輪島アリスは人里離れた山奥にいた。輪島アリスは二十六歳になる。肩先まで伸びたストレートの黒髪が目立つ。黒いタンクトップに黒いスラックスを穿（は）いている。身長は百六十五センチほどだろうか。キビキビとした身のこなしはダンサーを思わせる。その切れ長の目は前方の尾根に並べられた空缶の列を見つめている。距離にして三百メートルはあろうか。

輪島アリスは足下に置いた黒い細長のケースを開けると中にしまわれていたライフル銃を取りだす。地面に腹這いになり切株を台にしてライフルを構え狙いを定めると、すぐに引金を引く。銃口から発射された弾丸は左端の空缶を弾き飛ばした。続けざまに三発撃つと弾丸はすべて空缶に命中した。

バッグの中に入れてあるスマホの着信音が鳴った。十菱からの電話だった。アリスは立ちあがりスマホを手にした。

とつぜん凄まじい咆吼が聞こえた。振り返ると巨大な熊がアリスの背後、二十メートルほどの位置に立っていた。アリスは熊を見据えたままスマホの通話ボタンを押した。

――輪島です。

――十菱だ。探し物が見つかった。すぐに帰れ。

――判りました。

アリスは通話を切りスマホをしまうとライフル銃を熊に向かって構えた。その様子に刺激されたのか熊はアリスに向かって突進してくる。アリスは引金を引いた。弾丸は熊の額に命中した。熊の首が縦に揺れて熊は動きを止めた。だが、すぐにまたアリスに向かって走りだした。アリスは二発目を発射した。弾丸は熊の心臓を撃ち抜いた。だが倒れない。アリスはライフルを降ろした。アリスに襲いかかる寸前で熊が倒れた。アリスは帰り支度を始めた。

*

対比地翔が面も着けずに剣道の稽古をしていた。対比地翔は三十一歳になる。探偵社〈グリーン協会〉に所属しているが実質は〈虎泉組〉の実働隊の一人だ。百七十センチほどの身長に対して体重は六十キロに満たない。痩せているが筋肉は強靱で動きは敏捷だ。細い目からは鋭い視線が発せられている。

面を含めて防具をすべて身につけた対戦者が裂帛の気合いと共に打ちこんできた。対比地翔は相手の喉を突いた。相手は声にならない叫び声をあげて倒れ床を転げ回っている。

「次」

次の者が打ちこむが、またも喉を打たれてのたうち回る。

道場の隅に置かれた対比地のスマホが鳴った。対比地は竹刀を持ったままスマホの通話ボタンを押した。

——探していたものが見つかった。すぐに戻れ。

——判りました。

対比地は竹刀を放り投げると道場を出ていった。

＊

十菱仙蔵は港区青山にある〈祠剣会〉所有のビル六階の通路を急ぎ足で副会長室に向かっていた。副会長室に着くと忙しなくドアをノックする。

「十菱です」

「どうぞ」

部屋の中から中年の女性の細い声が聞こえ十菱はドアを開けた。

「十三分ほど時間を使えます。その時間内に話を済ませましょう」

「判りました」

「捜索対象者が見つかったそうですね」

馬原芳香が立って待っていた。馬原芳香は五十五歳になる女性で〈祠剣会〉の副会長を務めている。女性にしては背が高い方で、やや面長の顔に肩までストレートの黒髪を伸ばし不敵な笑みを浮かべている。

「はい。副会長」

「確かですか?」

「柴が〝間違いない〟と認定していますので間違いないでしょう」

馬原芳香は頷く。

「対象者の名前は確認できましたか?」

「森田つぐみです」

「森田つぐみ……。それは本名ですか?」

「本名です」

「般若鵺ではなく?」

「違います。ですが森田つぐみの胸にXの痣があることが確認されています」

「Xの痣が……」

「はい。それに下の名前が漢字と平仮名の違いはありますが〝ツグミ〟で一致しています」

「何らかの事情で名字が変わったという事ですか」

「森田つぐみは養護施設で育っています。入所する段階で名字が変わったものと思われます」

「両親は？」

「不明です。それらの諸条件を鑑みて柴峡子が〝森田つぐみ〟を〝般若鶇〟だと断定したのです」

　馬原は頷いた。

「森田つぐみから本物の草薙剣がどこにあるのか聞きだしてください」

「本物の？」

「般若恒成が本物だと思いこんでいた剣です」

　十菱は頷く。

「既に手配しています」

「さすがですね」

「それが済んだら？」

「この件が表沙汰にならないように処置をしてください。森田つぐみを拉致して何事かを聞きだしたことが誰にも知られないように処理をするのです。あなたなら、その手立ては判っているでしょう」

　十菱は探偵社〈グリーン協会〉の社長だが〈グリーン協会〉は探偵社とは名ばかりで実

体は暴力団組織〈虎泉組〉の下部組織なのである。役割は〈祠剣会〉および〈華席院〉の便宜を図ることにある。表裏一体の〈祠剣会〉と〈華席院〉は〈虎泉組〉を利用しながら持ちつ持たれつの関係を築いて発展を遂げた経緯があるが、その関係が表沙汰にならないための隠れ蓑として〈グリーン協会〉は設立された。十菱も〈虎泉組〉からの出向である。

「できますね？」

「できます」

「手順は？」

「すでに対比地と輪島に森田つぐみの捕獲を命じています。その二人に任せておけば間違いはありません。必要なデータはすべて柴から提供されています。やがて捕獲したとの連絡が入るでしょう」

「油断は禁物です」

「心得ています」

「この件は〈祠剣会〉にとって重大であるばかりか日本国にとっても極めて重大な案件なのです」

「日本国にとって……」

「日本国の栄えある歴史そのものを根底から崩し去ってしまう危険性を対象者は秘めているのです」

「森田つぐみが、ですか？」

「その通りです。失敗は許されません」

「相手は素人の小娘です。万に一つの失敗もないでしょう。ですが」

「何ですか？」

「真実を教えてください」

「真実？」

「なぜ一人の少女を抹殺しなくてはいけないのか？　その本当の理由です。捕獲から抹殺まで請けおうのであれば知る権利はあるはずです」

十菱は馬原を見つめた。

「会長の判断を仰ぎましょう」

「お願いします」

十菱は頭を下げた。

＊

授業が終わり森田つぐみは友人たちと駅に向かっていた。今日のつぐみは大学に入るときに買ったブランドもののミニスカートを穿いている。少し大きめのバッグには教科書とノート、シャープペンシル、ボールペンなどの筆記用具が入っている。

「どうだった？　飲み会」

阿知波理緒が訊く。理緒は、つぐみの同級生である。背は、つぐみよりも少し低い。丸顔で童顔に見られがちだが太い眉毛(まゆげ)は気持ちに芯が一本通っていることを感じさせる。

「よく覚えてないの」

「え、そんなに飲んだの？」

一緒に歩く鯉沼駿平が驚いた声を出す。鯉沼駿平は、つぐみと同学年だが年齢は一歳下だ。背もつぐみと、さほど変わらないが可愛(かわい)らしい顔立ちをしているので女子から人気がある。つぐみと同じ吹奏楽部に所属していて仲良くなった。つぐみたちが所属する吹奏楽部は大学の正規の部ではなく少人数の同士たちで規律の緩い活動をしている親睦会の延長のような部だ。

「そんなに飲んだつもりはないんだけど、なんだかカラオケに行ったら眠くなっちゃって」

「体調が悪かったんじゃないか？」

「そうかもしれない」

あの時……。つぐみは、その時のことを思いだそうとしたが記憶がハッキリとしない。意識が朦朧としたことは覚えている。気がついたら電車に乗っていた。そして……。

（藤本君の家にいた）

電車の中で、そのことを思いだした。しかも……。

（ベッドの中で裸になっていた）

その時のことを思いだすと顔が真っ赤になり深い後悔の念に駆られる。

（男女の関係になりそうだったのかしら）

つぐみは藤本に対して好意は抱いていない。それどころか苦手なタイプだ。一緒にカラオケに行ったのは五十嵐爽風に頼まれたから仕方なく承諾したに過ぎない。

（そんな事も判らなくなるほど酔っていたのかしら？）

酔って藤本と男女の仲になりそうな流れになったというのだろうか？　あり得ないと思ったが記憶がない以上、断定はできない。つぐみは、それまで男性経験がなかったが酔って相手が誰かも判らずに朦朧とした意識の中で情交に及ぼうとしたのかもしれない。そのとき……。

（あたしは藤本君のカノジョに追いだされた）

気がついたときには下着を着けずに街を歩いていた。

（下着はまだ藤本君の家なんだわ）

そのことを思うと恥ずかしさで居たたまれない気持ちになる。

（でも今さら言えない）

その件に関してはつぐみは途方に暮れている。

「つぐみ、お茶でも飲んでく？」

「今日はレポートをまとめなくちゃならないから」

つぐみは理緒の誘いを断って一人で電車に乗った。

*

十菱は会長室の前でネクタイのズレを直した。

喉が渇く。十菱は暴力団組織〈虎泉組〉にも睨みが利く胆力の持ち主だが〈祠剣会〉会長、罍征治朗の前に出ると身が竦(すく)む思いがする。レプリカの草薙剣による罍征治朗の剣技を見てからだ。剣道の有段者である罍は鍛錬のために鋼で造られた草薙剣のレプリカを手にして毎日、素振りをしている。その様子を見た十菱はその凄(すさ)まじさに身震いした。鋼の剣をいとも易々(やすやす)と振り回しピタリと静止させる。振りは鋭く速度も速い。相対したら反撃する間もなく打ち砕かれるだろうと思った。

十菱は気持ちを引き締めるとドアをノックする。

「どうぞ」

罍の声が聞こえた。十菱は小さく咳払(せきばら)いをしてからドアを開けた。罍がドアに背を向け窓に向かって立っていた。木製の大きなデスクの横には草薙剣のレプリカが掛けられている。

「十菱さん」

壘がやや甲高い声で呼びかける。壘征治朗は四十歳になる〈祠剣会〉の会長である。身長は百八十センチほど。剣道で鍛えた軀は筋肉質だ。顔は端正で大きな目から発せられる眼光は鋭い。

「よく見つけてくれました」

「長くかかりすぎましたが」

「このタイミングで見つかったのも運命なのでしょう」

十菱は頷く。

「探し物を見つけだした十菱さんの功績に報いるために、すべてを教えましょう」

「ありがとうございます」

「覚悟はありますか？」

壘が振りむき十菱の目を見つめて訊いた。

「覚悟？」

壘の放った言葉の意味を摑みかねていた。

「〈グリーン協会〉には重大な仕事を頼んでいます。そのトップであるあなたには、すべてを知る権利がある。ただし」

罍は草薙剣のレプリカを右手で撫(な)でる。

「すべてを知ることは日本の秘密を知ることになります」

「日本の？」

意味が判らなかった。

「日本の秘密を知る覚悟はありますか？」

「あの……」

咄嗟(とっさ)には返事ができない。

「それは、どういう秘密なのですか？」

「日本が根底から、ひっくり返ってしまうほどの秘密です」

そんなものがいったい、あるものだろうか？　探りを入れてみる必要があると十菱は本能的に思った。

「その秘密を知っている者は何人ぐらいいるのでしょうか？」

「三人です」

「三人？」

罍は頷く。

「日本に三人ですか？」

「世界に三人です」

「世界に……。では、うちの組長や上原さん、富永大臣も知らないのですか？」

「知りません」

〝組長〟とは〈グリーン協会〉の上部組織である暴力団〈虎泉組〉の組長、藤井直也を指し〝上原さん〟は〈華席院〉代表の上原忍を指し〝富永大臣〟は同じく〈華席院〉の副代表にして人材活性化大臣である富永佑子を指す。

「馬原さんも知らないのですか？」

「女になど教えられるわけがない」

「では轟さんの他に知っているのは……」

「帝松さんと那芸神社の神主、野澤だけです」

十菱は目を見開いた。

「〈祠剣会〉は全国に多くの会員を有していますが、その中で最優秀の者が私の後継者に任命され〈祠剣会〉の秘密を受け継ぐのです。そして次に優秀な者が那芸神社の神主となるのです。つまり〈祠剣会〉が古代より受け継いで守ってきた秘密を知る権利のある者は私と野澤だけなのです」

「そんな重要なことを私に教えていいのですか？」

当然の疑問だった。

「それほど重大なことを、あなたに頼んでいますから」

一人の若い女性を拉致して秘密を聞きだし、その後、始末する……。

「この任務に失敗は許されません。その重要さを判ってもらうためにも帝松さん同様、あなたに秘密を共有してもらいます」

「判りました」

日本で、いや世界で三人しか知らない秘密を知ることは恐ろしくもあったが、いったいどのような秘密なのか知りたかったし知れば自分が世界でも最重要人物になれる気がして、その意味でも知りたかった。

「もちろん、この秘密を知る者は五人は要りません」

「心得ています」

「二十年ほど前に般若恒成という男が〈祠剣会〉に在籍していたことを知っていますか?」

轟は話しだした。

「般若……。名前は聞いたことがあります」

「般若恒成は〈祠剣会〉にとって異物でした」

「と言いますと?」

「〈祠剣会〉を壊滅に追いこみかねない研究をしていたのです」

「〈祠剣会〉を壊滅?」

「そうです」

「それは、どういう？」

「草薙剣に関する研究です」

「草薙剣は〈祠剣会〉の象徴でしょう。それを研究するのは在籍者として、おかしな行動ではないと思われますが？」

「結論がおかしかったのです」

「どのような結論だったのですか？」

「草薙剣が現在、どこに保管されているかは知っていますか？」

「はい。宮中にあるのはレプリカで本物は熱田神宮に保管されています」

「その通りです。ところが般若は熱田神宮の草薙剣までレプリカだと結論づけたのです」

「レプリカ？」

「ええ。わが〈祠剣会〉の拠（よりどころ）である草薙剣の基本的事実が根底から覆ってしまう研究結果です」

「しかし……」

十菱は考える。

「その研究成果がデタラメであれば気にする事はないのでは？」

「デタラメではないのです」

「え？」

轟は移動してデスクの前の椅子に坐る。

「研究成果は真実だったのです」

「真実？」

「だから般若は消えたのです」

「まさか……」

「熱田神宮に保管されている本物の草薙剣が実は本物ではなかったのです」

十菱は言葉を失った。

*

犬飼大志郎は探偵社〈グリーン協会〉の社員である輪島アリスが運転する車を追っていた。輪島アリスの車が駅近くの路肩に停まると犬飼大志郎も少し離れた場所に自分の車を停めた。

「奇遇ね」

背後から声をかけられて犬飼大志郎は飛びあがるほど驚いた。

「千葉さん」

千葉貴子だった。千葉貴子は二十八歳。ラジオ局関東放送のレポーターだ。ジャーナリストとして一本立ちする夢を実現するために様々な事件やニュースを独自に取材していて取材対象が犬飼と重なる部分が多々あり犬飼とは顔馴染み（かおなじ）みであった。その行動は大胆で犬飼も感嘆している。

「俺は〈祠剣会〉を追ってるんだ」

「あたしもよ」

二人の目の先には輪島アリスがいる。

「もしかして車に発信器を？」

「千葉さんに教えてもらった方法を使わせてもらった」

「教えた覚えはないわよ。勝手に盗んだんでしょ」

犬飼はそれには応えずに「千葉さんは、どうして〈祠剣会〉を？」と尋ねた。

「誰にも言わないよ。その代わり俺のネタも教える。持ちつ持たれつだ」

「あなたのことは信用してるわ」

「ありがたいね」

「本物の草薙剣を〈祠剣会〉が所持しているってネタを追ってるの」

「草薙剣？」

「ええ」

「草薙剣は熱田神宮に保管されている」

「それはレプリカで本物は〈祠剣会〉が所持しているのよ」

「ガセネタだろ」

「ホントだと思うわ」

千葉貴子は約二十年前に〈祠剣会〉の般若恒成が謎の死を遂げた話を犬飼にした。

「驚いたな」

「般若の死のこと、知らなかったでしょ」

「知ってるよ。俺も般若がらみのネタを追ってたんだ」

「あら」

千葉貴子の目が僅かに広がる。

「般若は〈祠剣会〉の罍に殺された」

「え?」

「俺はそう睨んでるのさ」

「驚いた話ね」

「これで繋がったな」

「そうね」

「俺のネタを横取りするなよ」

「しないわよ。わたしの興味は、あくまで日本史の一大発見にあるの。殺人事件じゃないわ。あなたこそ、わたしの大ネタを盗らないでよ」

「盗らないさ。俺は歴史より殺人事件に興味があるんでね」

「共存共栄できそうね」

「そういう事だ」

「でも……。だったら、どうして輪島アリスを追ってるの？」

「輪島アリスは前に人を殺したことがある」

大志郎は目でアリスを追ったままだ。

「それを確かめるために追ってるんだ」

「噂は知ってるわよ」

貴子もアリスを目で追っている。

「三年前に〈祠剣会〉の幹部の一人……永江陽一という男が自動車事故で死んだわよね」

大志郎は頷く。

「その幹部は〈祠剣会〉の何かを内部告発しようとしていたんでしょ？」

「そうだ。タイミングが合いすぎる」

「輪島アリスに殺されたっていうの？」

「根拠はあるんだ」

犬飼は輪島アリスの射撃の経歴を説明する。

「警察は、そのことを知ってるの？」

「最初は追っていたけど手を引いた」

「圧力がかかったのかしら？」

「そうだと思う」

「ありうる話ね」

「君はどうして輪島アリスを？　君が追ってるのは草薙剣なんだろ？」

「このところ〈祠剣会〉と〈グリーン協会〉が頻繁に連絡を取りあってるのよ。草薙剣を巡っては二十年前の般若恒成の例もある。輪島アリスを追っていれば草薙剣に関(かか)わりのある人物に行き当たる可能性があると思ってるの」

「なるほど」

「ねえ。あなたは〈祠剣会〉にまつわる殺人事件を追ってる。わたしは〈祠剣会〉絡みで草薙剣を追ってる。でも」

「その二つは一つに繋がっている。そして二人とも期せずして輪島アリスを追っている」

「輪島アリスの動きが変だもの」

「誰かを尾行(つけ)てるみたいだな」

「あの女の子ね」

千葉貴子が顎で女性を指し示す。

「輪島アリスが狙っているという事は……」

「厭な予感がするわ」

「そうだな。輪島アリスは〈グリーン協会〉の実働部隊だ。それはイコール〈虎泉組〉の実働部隊であるとも言える」

「〈虎泉組〉が、いったいあの子をどうするつもりなのかしら？」

「拉致しようとしている」

「そう見えるわね」

「助けるぞ」

犬飼の言葉に千葉貴子は頷いた。

二章　草薙剣の秘密

熱田神宮に保管されている草薙剣が実は本物ではないという罍の話に十菱は戸惑っていた。

「では本物の草薙剣はどこにあるのですか?」

「那芸神社です」

「那芸神社に……」

那芸神社は京都府にある〈祠剣会〉と繋がりが深い神社で〈祠剣会〉の会員は全員が那芸神社の氏子であり那芸神社の神主は代々〈祠剣会〉から派遣されていた。当然〈虎泉組〉とも繋がりがある。

「いつからですか?」

もしそれが本当なら大変なことだ。

「古代からです。那芸神社に伝わる秘伝書に、そのことが記されています」

様々な疑問が十菱の頭に去来する。

「草薙剣は西暦六六八年に盗難に遭いましたが回収されて天皇家に戻り天皇家はレプリカ

を造り保管し本物を熱田神宮に戻したとされています」

「そう聞いています」

「ところが真実は違います。我らの始祖ともいうべき一族が極秘に本物を回収して那芸神社に保管したのです」

「しかし天皇家には……」

「天皇家にはレプリカを本物と偽り返上したのです」

「では天皇家も熱田神宮もレプリカを本物だと思いこんで……」

「そういう事になります」

那芸神社に伝わるその伝承、いや秘伝書は真実なのだろうか？

「〈祠剣会〉の始祖は何故そのような事をしたのですか？　せっかく本物の草薙剣を取り戻したのに、なぜ真実を隠して偽物の草薙剣を本物だなどと偽って天皇家を騙したのです」

「そこまでは判りません」

甍の返事があまりにも早かったために十菱は嘘だと直感した。甍はその理由を知っている……。だが、それを口に出すつもりは十菱にはなかった。

「何せ昔のことです。判るはずもありません」

「はい」

疑問はまだあった。

「さきほど疊会長は〝〈祠剣会〉の始祖〟と仰いましたが〈祠剣会〉の始祖とは、そもそも何なのですか？」

「日本そのものです」

「日本、そのもの？」

どういう事だろう？

「当時の〈祠剣会〉には名称などありませんでした。ただ存在だけがあったのです」

「当時の政を司っていたのですか？」

「いいえ。天皇家の側近だったようです」

「天皇家の側近……」

「おそらく陰になり裏から天皇家を支えていたのでしょう。やがて天皇家は形ばかりの為政者となり実際に政を司るのは藤原家や幕府となってゆきます」

「〈祠剣会〉は消滅しなかったのですか？」

「変わらずに天皇家を支え、さらに幕府をも陰で支える存在へと変化してゆくのです」

そのことを記す秘伝書が那芸神社には保管されているということか。

「いつしか〈祠剣会〉は日本の政を陰から操る存在となっていったのです」

「今もですか？」

罍は頷(うなず)く。

現在の〈祠剣会〉はバックに〈玉蘭会(ぎょくらんかい)〉がついている。〈玉蘭会〉は政府与党に政治資金を提供しているから与党が採る政策は〈玉蘭会〉の意向を反映しているという見方があっても不思議ではない。その〈玉蘭会〉にとって都合の良い政策は〈祠剣会〉が研究し提案している……。そう考えれば現在でも〈祠剣会〉が日本の政策を決定していると言えるのかもしれない。また〈祠剣会〉は政策を操ることで〈玉蘭会〉の方向性をも操作することが可能だといえる。

ただ……。それとは別にして……。

「草薙剣は三種の神器の一角を占める宝物です。すなわち天皇陛下のものです。もし本物を持っていたのなら天皇に返すべきではないのですか？」

「もともと宮中に本物はありません」

宮中にあるのはレプリカで本物は熱田神宮に保管されていると言われている。

「宮中の外に草薙剣が保管されていても何の不都合もないのです」

「そうでしょうが、そのことを天皇陛下は知らないのですよね？」

「知りません。また知らなくて良いのです」

「知らなくて良い？」

「煩わしいことです。我ら一族が知っていればそれで良いのです」

「それは……」

陰で支えるという意味かと訊きたかったが十菱はそれ以上は訊けなかった。畳が質問を打ち切ったことを〝気〟で感じたからだ。

（古代の〈祠剣会〉は、なぜ本物の草薙剣を世間から隠さなければならなかったのだろう？）

その理由を畳は知っていると十菱は確信した。

（それに本物の草薙剣を〈祠剣会〉が保管しているという事の真偽……。そのうち突きとめてみるか）

輪島アリスと対比地翔を使えばそれは可能だろう。十菱は考えを巡らせる。

＊

駅前の歩道を歩いていた対比地翔は路肩に停まっていた車の前で足を止めた。

「あの女よ」

車のそばに立っていた若い女性が対比地に話しかけた。輪島アリスである。輪島アリスの視線の先には駅から出て自宅に向かう森田つぐみの歩く姿があった。

「準備はできてるの？」

「滞りなく。付近の防犯カメラはすべて止めてあるし森田つぐみが姿を晦ませて死体で発見されても不自然でないように手筈は整えてある」

「さすがね」

「あなたに鍛えられたからな」

「運転を交代して」

対比地を運転席に坐らせると輪島アリスは後部座席に移った。

「あの女に近づいたら車を停めて。わたしが降りて森田つぐみを車の中に連れこむわ」

「判った」

対比地翔が、ゆっくりと車を動かし始めたとき対比地の車の前に一台の車が割りこんできた。対比地は回りこんで前に進もうとするが道幅が狭く回りこむことができない。対比地はクラクションを鳴らした。前を塞ぐ車から若い女性が降りてきた。

「すみません、エンストしたっぽくて車が動かないんです」

対比地は思わず舌打ちをする。

「わたしが、ここで降りて森田つぐみを引っ張ってくるわ」

小声で対比地に告げるとアリスが車を降りて森田つぐみに向かって歩きだした。

（！）

森田つぐみの脇に横道から現れた一台の車が停車し中から男が降りて、あっという間につぐみを車の中に押しこんだ。アリスは森田つぐみを奪い返すために瞬間的に走りだしていた。だが森田つぐみを乗せた車はすでに発車してアリスから遠ざかった。アリスは走り去る車のプレートナンバーを記憶した。

＊

家路を辿りながら裸で藤本の家のベッドに寝ていたことが繰り返し脳裏に浮かぶ。

（忘れよう。あたしは正体をなくすほど酔っぱらった。それだけの事だ）

でも……。

今日は藤本に会わなかったが次に会うときに、どんな顔をして会えばいいのか判らない。それに、そもそも正体をなくすほど酔ったことが不思議だった。今まで、それほど酔った事はなかったし今までよりも、たくさん飲んだわけでもない。

（もしかして……）

一台の車が、つぐみの進路を塞ぐようにして停まった。つぐみは足を止めた。車は退く気配もない。

これでは通行できない。どうしていいのか逡巡しているうちに車のドアが開いて男が降りてきた。男はつぐみの腕を掴んだ。

（え？）

つぐみは車の助手席に放りこまれるようにして乗せられた。

「ちょっと」

男はつぐみのバッグを開けて中を探るとスマートフォンを取りだして自分のズボンのポケットにしまった。スマートフォンを抜きだしたバッグだけつぐみに返すと車の外からドアを閉めた。つぐみは慌てて降りようとする。だが、つぐみが降りる前に男は運転席に戻り車は急発進した。

（何が起きたの？）

判らない。車は、あっという間に速度を上げてドアを開けることもできない。

「降ろしてください」

叫んだつもりが恐怖のためか、か細い声しか出ない。

「あの」

男は応えずに無言で車を走らせる。

（あたしは拉致された）

それは確かなことだ。恐ろしさがこみあげる。

（でも、どうして？）

まったく判らない。

（この男は何者？）

怖くて横を向けないが知らない男であることは確かだ。

（あたしのことを知っている人物なのか。それとも若い女性なら誰でもよかったのか）

つぐみには貯金もなく親もいないから身代金目的の拉致ではないと想像できる。

（という事は……）

若い女性なら誰でも良い。その先に待っているのは……。レイプ目的で拉致されたに違いないとつぐみは思った。

（何としても逃げなければ）

男の部屋に連れこまれて監禁され襲われる恐怖が瞬時に、つぐみの脳内に浮かびあがった。

（車が停まったとき……信号が赤になったときにドアを開けて逃げよう）

そう方針を立てた。だが車は信号をうまく切り抜け、なかなか停まらない。それどころか速度を上げている。運転も乱暴だ。商店街を速度を落とさずに走り抜け今はつぐみの見覚えのない町並みを走っている。

（信号が赤になれば……）

もう一度、思った。その時がチャンスだ。財布の中の御守りが守ってくれる……。

前方に信号が見えている。青から黄色に変わった。

（赤になる！）

だが車は速度を上げて赤信号を突き進んだ。つぐみの胸に絶望感が広がる。

（もう、どれくらい走っただろう？）

判らない。一、二分のような気もするし一時間も二時間も走り続けているような気もする。感覚が麻痺（まひ）しているようだ。カーステレオからはＦＭ局だろうか、クラシック音楽が小さな音量で流れている。

つぐみは地理を確かめようと左右に視線を走らせたが見当がつかなかった。視線を前方に戻すと信号が赤であることに気がついた。だがこの男は停まらないだろう。そう思ったとき車が速度を落として横断歩道手前で停車した。

（え？）

逃げるチャンスだと思ったが躯（からだ）が動かない。

（降りなければ）

そう思ったとき車が発車した。その瞬間、信号が青に変わった。

（チャンスを逃した……。でも車を降りなければいけない）

それだけは確かなことだ。

「降ろして」

先ほどよりも、やや強い声で言った。だが運転している男は相変わらず応えない。再び

「降ろして」と言おうとしたときに、つぐみは悲鳴をあげた。車が急ブレーキをかけたのだ。軀が前方に揺れる。揺れが止まると、つぐみはおそるおそる運転している男に顔を向けた。男もつぐみを見つめていた。

*

鯉沼駿平はファミレスでスマホを操作しながら首を捻った。つぐみと連絡が取れないのだ。二時間前に送ったラインのメッセージが既読にならないし通話にも出ない。

(こんなこと今までなかったのに)

鯉沼はファミレスの外に出て阿知波理緒に電話をかけた。

——もしもし。阿知波さん？

——鯉沼君？

——うん。森田さん、どこにいるか知らない？　連絡が取れないんだ。

——電車の中とか？

——二時間も？

阿知波理緒がしばらく考える気配がする。

——変ね。

——スマホを見れないほど具合が悪いのかも。

——心配？

——ああ。連絡が取れない事なんて今までなかったから。

——つぐみの家に行ってみようか？

——そうだな。

——鯉沼君、つぐみの家を知ってる？

——いや。

——だったら住所を教える。わたしも行くから、つぐみの家の最寄り駅で落ちあおうよ。

——判った。

鯉沼は通話を切った。

＊

轟と十菱が話しこんでいる部屋にノックの音がした。

「どうぞ」

轟が声をかけるとドアが開いて一人の男性が入ってきた。その顔を見て十菱は驚いた。〈華席院〉代表の上原忍だった。

「上原君のことは知ってますね？」

「存じあげておりますが、お会いしたのは初めてです」

上原が軽く十菱に会釈をしたので十菱も会釈を返した。上原忍は五十二歳。背は、さほど高くないがベージュのスーツをスッキリと着こなし育ちの良さを感じさせる。肌艶も良い。

「十菱さんには重大な仕事を請けおってもらっています。十菱さんが信頼できる人間だということを肌で感じてもらいたくて上原さんをお呼びしました。その方が上原さんの今後の行動に肝が据わってくる」

上原が頷く。

「そして十菱さんには我らのやろうとしている事を理解してもらうためにも上原さんの人

となりを知ってもらうことは重要だと考えています」

今度は十菱が頷く。

「わたしたちがやろうとしていることは政権を取ることです」

畾はズバリと切りだした。

「政権を……。しかし〈華席院〉は既に与党です」

「〈華席院〉は単独で政権を握るつもりなのですよ」

「単独で?」

上原が頷いた。

「そうでなければ世界平和は実現できない」

「世界平和……」

「それが、わたしたちの究極の目標です」

どう応えて良いものか戸惑う。

「まず与党三党から民和党を排除し次に新自由党を排除し最後に残った〈華席院〉が単独与党となる計画です」

上原の顔が引き締まった。

「政策の異なる民和党を排除するのは判りますが新自由党とは理念を同じくしているのでは?」

「たしかにその通りです。国民の誰もが理想の家庭を築けるようにする、そのために理想の家庭像を提供し啓蒙する。国家はかくあるべし。国民はかくあるべし。その理念を〈華席院〉と新自由党は共有しています。しかし決定的な違いがあります」

「それは？」

「世界を見ているかどうかです」

「世界を……」

「我々の目的は世界平和ですが新自由党は日本を強くすることだけに汲々としています。〈華席院〉の、そして〈祠剣会〉の目的はあくまで世界平和の実現です」

　上原が頷く。

「そのために日本が世界の中心となり光り輝き世界を導く必要があるのです。それ以外に世界平和を実現する方法はありません。連立与党の座に居座ることだけに汲々としていては本来の目的を見失います」

「なるほど。そういう事ですか」

「第一、政党が二つあっては意志決定に時間がかかります。一党支配なら話が早い」

「それはそうでしょうが長きに亘って日本の最大政党であり続ける新自由党を追いだす事など、できるのですか？」

「できます」

　疊は即座に断言した。

「〈華席院〉と新自由党……。最近の両党の支持者数を分析してみてください。新自由党は失速しています。〈華席院〉は支持を増やし続けています」

「上原さんのお力が大きいと思います」

　十菱の本心だった。上原は端整な顔立ちで弁も立ち主婦層から高い人気があった。

「富永(とみなが)さんの力も大きい」

　上原が〈華席院〉副代表にして人材活性化大臣の富永佑子(ゆうこ)を褒めた。

「〈華席院〉が新自由党を追いぬく勢いであることは判りました。しかし〈華席院〉が第一党になった暁(あかつき)に具体的に世界平和を実現する方法は？」

　踏みこみすぎただろうか？　だが十菱は思わず訊(き)いていた。

「アメリカに代わり日本が世界の警察となることです」

「世界の警察に……」

「そうです。いま世界のあちこちで紛争が起きています。世界に紛争は絶えないのです。この紛争がなくならない限り世界平和は訪れません」

　そこまでは判る。

「アメリカは世界警察を自任していますが紛争、テロを終わらせる事はできていません。それどころかテロはますます増えています」

「たしかに」

「アメリカに任せていては駄目なのです。いやイギリスもフランスもドイツも駄目です。西洋人に任せてはおけません。我が日本が終結させるのです」

「なぜ日本が……」

「日本には和の心があります。八百万の神がついていています」

「たしかにその通りです」

〈虎泉組〉の応接室にも〝八紘一宇〟の扁額が架けられている。八紘一宇とは天下を一つの家のようにすることで日本書紀にある〝掩八紘而為宇（八紘を掩ひて宇にせむ）〟から国家主義の宗教家である田中智学が作りだした概念である。

「西洋人に任せてはおけません。日本が世界のリーダーになるのです。その象徴が草薙剣です」

「草薙剣が？」

「かつて景行天皇の御代、ヤマトタケルが敵の放った野火に囲まれ絶体絶命の窮地に陥ったとき草薙剣で草を刈り払い、向かい火を点けて危機を脱しました。それと同じように今、世界は危機に面していると言えます」

　罍の目が光を帯びた。

「世界中で行われている紛争、戦争、テロ……。それらの危機を日本が草薙剣を以て薙ぎ払うことができれば……」

「その時にこそ世界平和が実現します」

上原が口を挟む。

「その力を今の連立政権で持てますか？」

「持てない、でしょうね」

政局は〈虎泉組〉でも頻繁に話題にあがる。

「ならば我らが単独で政権を握るしかないのです」

「我ら？」

「〈華席院〉と〈祠剣会〉は一心同体です」

上原が言う。

「我らなら日本を世界の警察にすることができます」

「茨の道だと思われますが」

「ですが、やらなければなりません。我ら自身が日本のために草薙剣となるのです」

「我ら自身が草薙剣に……」

「そうです。その昔、草薙剣は艱難辛苦を薙ぎ払い道を開きました。今は我らが日本のために草薙剣となり艱難辛苦を薙ぎ払うのです」

十菱は唾を飲みこんだ。

「上原さん。後は私と十菱とで話します。ご足労いただきありがとうございました」

　疊に退場を促されると上原は一礼して部屋を出ていった。

「私が残っていいのですか？」

「上原は聞かない方がいいでしょう。〈華席院〉の、そして日本の輝かしい未来に一つだけ射している影の話ですから」

「森田つぐみですか」

　疊は頷くと「世界の中心になるための道は厳しいですが我らは目的のためには手段を選びません」と応えた。

「はい。それが〈祠剣会〉の強さの源と心得ています」

「〈虎泉組〉と〈グリーン協会〉の協力があってのことです。森田つぐみのことも」

「お任せください」

「手段を選ばずに動ける我らの強さが良い結果を生むでしょう。森田つぐみを捕らえるため、そしてそのことと我らの繋がりが露見しないようにするためには少々の犠牲もやむを得ないでしょう。それが大義のためならば」

「心得ております。お任せください」

「頼みましたよ」

「そろそろ対象を捕らえたとの連絡が入るかと」

「連絡が入ったらいちばんに知らせてください」

十菱は一礼すると部屋を出ていった。

＊

阿知波理緒はスマホの通話ボタンをオフにした。

「やっぱり出ないわ」

隣に立つ鯉沼駿平に言う。つぐみの家の最寄り駅で鯉沼と待ちあわせて落ちあえたところだ。

「急ぎましょう」

鯉沼が頷くと二人は並んで早足で歩きだした。しばらくするとつぐみの住むアパートに着く。三階まで階段を昇ると、つぐみの家のチャイムを押す。何度も押すが応答はない。

「つぐみ？」

声をかけながらドアノブを回すが鍵(かぎ)が閉まっていて動かない。

「開かないわ」

「どうしたんだろう？」

鯉沼が途方に暮れたような声を出す。

「藤本君に聞いてみようか？」

「藤本？」

「クラスメイトよ。この間、一緒にカラオケに行ったって言ってたでしょ」

鯉沼の返事を聞かずに理緒はスマホのボタンを操作して耳に当てる。

「藤本君も出ないわ」

そう言うと理緒はしばらく耳に当てていたスマホを外した。

「藤本君の家に行ってみましょう」

「藤本君の家を知ってるの？」

「知ってるわ。隣の駅よ」

「判った」

鯉沼駿平もとことんつきあう気になっている。二人は駅に戻ると電車に乗った。一つ先の駅で降りると理緒は歩きだした。理緒は迷いなく道を曲がる。

「ここよ」

五分ほど歩いて理緒は小綺麗（こぎれい）なマンションの前で足を止めた。

「こんなところに住んでるんだ」

鯉沼は自分の安アパートとの違いに驚いた。

「八階よ」

理緒がスマホのアドレス欄を確かめて言う。二人は住人の後についてオートロックを潜り抜け、エレベーターで八階まで昇ると藤本の部屋の前に立った。理緒がチャイムを押すが、つぐみの時と同様、返事がない。

「藤本君」

声をかけながらドアノブを摑んで手首を捻るとドアノブは小さな音を立てて回った。理緒は振りむいて鯉沼を見た。

「入ってみよう」

鯉沼はそう言うとドアに手をかけて理緒を押しのけるようにして玄関に足を踏みいれた。

「藤本君」

鯉沼が大きな声を出す。返事はない。

「あがるよ」

声をかけると鯉沼は靴を脱いで部屋にあがった。

「お邪魔します」

理緒も靴を脱いで鯉沼に続く。短い廊下を進んで突き当たりを右に曲がるとリビングがある。誰もいないし声も聞こえない。

「藤本君」

また声をかけながらドアを開ける。カーテンが閉められて暗い部屋の中央にベッドがあり、その上に男性が仰向けに寝ていた。胸には刃物で刺されたような傷があり血が流れている。鯉沼は思わず後ずさった。理緒にぶつかる。理緒は鯉沼の肩越しにベッドを見た。小さな悲鳴が喉を突いて出る。

「救急車を呼ぼう」

理緒は応えずに鯉沼の前に出て男性――藤本強の軀を揺すった。

「藤本君」

だが反応はない。

「死んでるみたい」

「嘘だろ……」

「救急車じゃなくて警察を呼びましょうか」

「判った」

鯉沼はポケットからスマホを取りだし動転する気持ちを抑えながらなんとか通報を済ませた。

「ねえ」

理緒がスマホをしまった鯉沼を呼びとめる。

「これ、つぐみのじゃない？」

理緒が指さした先に学生証があった。鯉沼はそれを拾いあげる。そこには〝森田つぐみ〟の名前が記されていた。

＊

車が急停車した。つぐみの躯が前のめりになりフロントガラスに激突しそうになる。

「悪い」

男が謝った。

（逃げなければ）

正常な思考が戻ってきた。つぐみは前を見た。生い茂った木々が見える。ここはどこなのだ？　再び頭が混乱する。気がつくと車は林の中に停まっていた。躯が震えてきた。ここで車を降りても逃げきれるのだろうか？　心底、怖かった。

「君は誰だ？」

男が口を開いた。

（え？）

予想外の言葉だった。レイプ目的ならば、そんなことを訊いてどうするのだろう？

「なぜ狙われている？」

男の言っている意味が判らない。つぐみを攫った本人が〝なぜ狙われている？〟と訊くなんて。それとも理不尽な責任転嫁だろうか？　暴漢に襲われた女性に〝扇情的な露出の多い服を着ていたから襲われた〟と言わせるために〝なぜ襲われた？〟と質の悪い質問をするように。つぐみは思わずミニスカートの裾を押さえた。そのまま口を固く結んで下を向く。

（逃げきれるかどうか判らない。それでも逃げるしかない）

つぐみはドアに手をかけた。

「待て」

男に腕を摑まれた。〝ヒッ〟と小さな悲鳴が出る。

「君は狙われていた」

狙っていたのは自分ではないか。

「だから助けたんだ」

「助けた？」

思わず訊いていた。自分の声が別の人間が言った言葉のように耳に響く。久しぶりに発した声のような気がする。

「そうだ」

男の言っていることは支離滅裂だ。まともな男とは思えない。

「そして、ここまで逃げてきた。後方から追ってくる車は、もういないはずだ。その確信が持てたから停まったんだ」

つぐみは首を横に振った。恐怖と混乱。何を話して良いのか判らない。

「君が、どうして狙われているのか知りたいんだ」

つぐみは首を横に振るだけだ。男はポケットにしまったつぐみのスマホを取りだして操作し始めた。

「君は森田つぐみというのか」

恐怖がじわりと上乗せされた。

(名前を知られた)

そのことが、この男が今後、つぐみのストーカーとしてつきまとう材料になる危険性を感じた。

「知らない名前だな。星城(せいじょう)大学史学科の三年生か。特に有名人でもなさそうだ」

男はまだ、つぐみのスマホを見ている。

「たしかに君は、とつぜん僕に拉致された格好だ。怯(おび)えるのも無理はない。すまない」

男はスマホをしまうと、つぐみに向かって頭を下げた。

(どういうつもりだろう?)

ただの乱暴者の言動とは違う気がする。

「俺は雑誌の記者なんだ」

「雑誌の記者？」

男は頷く。

「犬飼というものだ。これが名刺だ」

男は胸ポケットから名刺を取りだすと、つぐみに渡した。つぐみは恐る恐る受けとると名刺に記された文字を読む。

――週刊ヴァーチャル　記者
　犬飼大志郎

つぐみは〝犬飼大志郎〟という文字をジッと見つめる。

「信じない」

つぐみはポツリと呟く。

「本当のことだ」

「だったら、あたしを帰して」

「それはできない」

「どうして？」

「だから言っただろう、君に危険が迫っていたから助けたんだ」

「そんなこと信じられるわけない」

つぐみは両の拳をミニスカートから出ている膝の上で握りしめた。

「俺は〈祠剣会〉を追っていた」

「〈祠剣会〉を?」

「君は〈祠剣会〉を知ってるのか?」

「知ってるわ。古事記の勉強をしているときに何度か出てきたから」

「君は古事記の勉強をしているのか」

「大学の授業で」

「そうか。〈祠剣会〉は古事記を聖典として崇めているから古事記の勉強をしているのなら知る機会はあるかもしれない……。〈祠剣会〉と個人的な繋がりは?」

「ないわ」

「君の家族……たとえば父親が〈祠剣会〉と繋がりがあるとか?」

「父はいないわ」

「いない? 亡くなったのか?」

「記憶にない。あたしは養護施設で育ったの。物心ついたときにはもう養護施設で暮らしていたのよ」

「そうだったのか」

犬飼はしばし黙った。

「だったら、どうして君は狙われたんだろう？　〈祠剣会〉と繋がりがないのなら」

つぐみは〝犬飼〟の横顔を見た。本当に疑問に思っているような顔に見える。

「君が狙われた理由は〈祠剣会〉と関係があると思う。狙っていたのが〈祠剣会〉と繋がりのある人物なんだから……。輪島アリスという女性を知っているか？」

「いいえ」

「〈祠剣会〉の下部組織〈グリーン協会〉という探偵社のメンバーだ。その輪島アリスが君を狙っていた。輪島アリスは暴力団〈虎泉組〉から〈グリーン協会〉に出向している。〈祠剣会〉の汚れた仕事を実行している女性なんだ」

「汚れた仕事？」

「かつて輪島アリスは人を殺したことがある」

つぐみは息を飲んだ。

「俺は、そう睨んでいる」

この男の言っている事は、とても本当のこととは思えない。だが嘘だとしたら、どうしてこんな回りくどい嘘をつくのか。

「その輪島アリスが君を尾行していた。おそらく君を拉致するために」

「尾行されるなんて、そんな事あるわけない。まして拉致なんて」

「本当なんだ。だから輪島アリスに拉致される前に君を救ったんだ」

「信じられない。言うだけなら何とでも言えるわ」

「俺は名刺を示して自分の名前を明かした。君を襲うつもりだったら、そんな事はしない」

「偽の名刺かもしれないわ」

「週刊ヴァーチャルの公式サイトを見れば俺の名前は載っている」

「あなたが犬飼大志郎という人に成りすましているのかもしれない」

犬飼がズボンのポケットから財布を取りだし更に財布の中から免許証を取りだしてつぐみに見せた。免許証の名前は〝犬飼大志郎〟となっている。顔写真と運転席の男を見比べる。免許証の持ち主である〝犬飼大志郎〟で間違いないようだ。

「判ってくれたかい？」

「あなたが犬飼大志郎だということは判った。でもあなたが、あたしを拉致したことに変わりはないわ」

つぐみは硬い表情のまま前を見つめる。

「スマホを返して。友だちに連絡を取りたいの」

「駄目だ」

つぐみの視線が犬飼に向く。

「電波をキャッチされて位置が判ってしまう」

「誰に？」

「〈グリーン協会〉すなわち〈祠剣会〉にだ」

「そんな……」

「彼らならやりかねないし、やる力もある」

「だったら警察に連れてって。警察に行けば安全でしょ？」

「警察が君の言うことを信じると思うか？」

拉致されそうだったという訴え……。根拠は何もない。この犬飼という男がそう主張しているだけだ。でも警察に行けば、この状況から脱することはできる。

「あなたが説明して。あたしが拉致されそうだってこと。あなたがそう言ってるんだから」

つぐみは顔を伏せたまま言う。

「相手にされないだろう」

「だったら、どうすればいいの？」

「君がなぜ狙われているのか？　その理由を見つけることだ。見つければ対策が取れるはずだ」

「あなたの言っていることこそ信用できない」

犬飼は何かを考えているようだ。

「判った。警察に行こう」

「え？」

つぐみは顔をあげた。

「たしかに一度、警察に事情を説明しておくのが筋だ」

「ホント？」

「ああ。警察に言っても信じてもらえない公算が強いだろう。それでも一度、説明しておくことは意味がある。君が警察に出向いたことが判れば相手も手を出しにくくなるかもしれない」

この人は悪い人ではないのかもしれない。そう思い始めていた。悪意があるのなら警察に行こうなどとは言わないはずだ。

「交番よりも警察署がいいだろうな。最寄りの警察署をナビで調べてみる」

犬飼はエンジンをかける。ＦＭ局のクラシック音楽が再開される。

——ニュースをお伝えします。

曲が終わってすぐにニュースが流れる。

犬飼はカーラジオからナビに切り替えようとディスプレイのスイッチに手を伸ばす。

――藤本強さんが亡くなっているのが発見されました。

つぐみはハッとした。

「待って！」

犬飼の手を思わず押さえる。

――警察は、前日、藤本さんと一緒に部屋にいた女性が事件と何らかの関係があると見て行方を追っています。

つぐみの顔から血の気がひいた。

「嘘でしょ……」

「どうした？」

「友だちよ」

「なに？」

「友だちが死んだって」

ニュースが天気予報に変わった。犬飼は他のラジオ局を回してみるがニュースを放送している局はなかった。犬飼はカーラジオを切った。

「どういう友だちだ?」

「昨日の夜、一緒にいたの」

「え?」

「カレシじゃないわ。飲み会があって、あたしは酔ってしまって、気がついたら藤本君の家にいたの」

「昨日の夜、一緒にいた?」

「仕方なかったのよ。あたしは意識を失って」

「そんな事はどうでもいい。それよりニュースでこう言っていた。〝前日、藤本さんと一緒に部屋にいた女性が事件と何らかの関係があると見て行方を追っています〟と」

つぐみはそのことに初めて気がついたように目を見開いた。

「それって……」

「警察は君を犯人として追っている」

「犯人?」

「君の友だちを殺した犯人だ」

「〈グリーン協会〉に細工をされたんだろう。君を犯人に仕立て上げる細工だ」

「そんな……」

「どうしてそんな事を……」

「君が罪の意識から自殺したと思わせるためかもしれない」

「自殺？」

「つまり〈グリーン協会〉は君を拉致した後、君を殺すつもりだ。その殺害をカムフラージュするために自殺に偽装するつもりだと思う」

息が詰まりそうになった。

「もちろん警察より先に輪島アリスが君を拉致することが前提の計画だろう。だが俺が君を救ったから向こうも計画が狂った」

信じるしかない……のだろうか？　現に藤本強が殺されている。

「だったら、やっぱり警察に行く」

「やめた方がいい」

「え？」

「〈グリーン協会〉が君を犯人に仕立て上げる細工をしているならば君が警察に行った時点で逮捕される」

「逮捕って殺人犯として？」

「そうだ」

　つぐみの顔が蒼(あお)ざめる。

「〈グリーン協会〉ならばそれだけの準備をしているはずだ。いったん逮捕されたらそれを覆すのは難しいだろう」

「難しいって」

「君は殺人犯として確定するということだ」

「そんなことって」

「ないとは言えない。もしかしたら警察に行けば君は自分の無罪を証明できるかもしれない。ただ俺の感触としては証明できない可能性の方が高いと思う」

「どうして……。あたしは無罪なのに」

「さっきも言っただろう。〈グリーン協会〉は過去に人を殺している。なのに警察はそれを事故死と判断した。つまり〈祠剣会〉は殺人を事故と偽装した経験があるんだ。無実の人間を殺人犯に仕立てあげる事だってできるだろう。最悪の場合、君は一生、刑務所で殺人犯として暮らすことになる」

「そんな馬鹿な……」

「そうはさせない」

　つぐみは犬飼の横顔を見た。その目は強い決意を感じさせる。

「本気で言ってるの？」

「本気だ」

「どうして……。あなたは、あたしのことを知っているの？」

「何も知らない。さっき初めて見かけた。名前も知らなかった」

「だったら、どうして」

「判らない。だけど乗りかかった舟だ。見過ごすわけにはいかない」

「あなたにも危険が降りかかるかもしれないわ」

「もう降りかかってる」

「あたしのせい？」

「いや、自分のせいだ。俺が〈祠剣会〉を調べだしたときから危険が迫っていたんだ」

「どうするの？」

「君がどうして〈祠剣会〉から狙われているのか。それが判らなければ、どうにもならない」

「自分の家で、じっくりと考えたいわ」

「駄目だ。〈祠剣会〉が待ちかまえているだろう。考えてもみろ。〈祠剣会〉は君の友人の家を探り当てて殺害したんだぞ」

恐ろしいことだと思った。

「でもそれ本当に〈祠剣会〉の仕業なの？」

「他に考えられるか？」

〈祠剣会〉を追っているという男が現れたこと。自分が藤本強のマンションを出たあと彼が殺害されたらしいこと。それらの要素を考え合わせると犬飼という男の言っていることも、もっともだと思えてくる。

「だったらあなたの家は？」

「俺の家も危ない。それどころか、この車に乗っていることも危ない」

「え？」

「輪島アリスに車のナンバーを見られている」

〈祠剣会〉が犬飼の言うような組織であれば車のナンバーから犬飼の自宅を探り当てることは容易に思える。

「だったら、どうしたらいいの？」

犬飼はしばし考える。

「あの人のところへ行ってみるか」

「あの人？」

「信用できる人だ」

犬飼は車を発車させた。

＊

対比地はギアをバックに入れた。

「違う道から追おう」

「わたしが追うわ」

「え？」

「あの車のナンバープレートを覚えたから追跡できる」

通信機で〈グリーン協会〉の柴峡子と連絡を取りあえば追跡は可能だろう。

「だから運転を代わって」

「オレが運転する。あなたは柴と連絡を取ればいい」

「対比地は、あの女を追って」

輪島アリスは進路を妨害して割りこんできた車を運転していた女性を顎で指した。今は路上でボンネットを開けて故障の原因を探っているようだ。

「あの女を？」

「ええ。森田つぐみを攫って逃走した男の仲間だと思う」

「そういう事か」

対比地は〝あの女〟——千葉貴子を凝視した。

*

川端四郎刑事と小倉大地刑事が連れだって繁華街を歩いていた。川端四郎は警視庁捜査一課のベテラン刑事だ。年齢は五十三歳。背はさほど高くはないがガッシリとした骨格をしている。四十歳を過ぎた辺りから体重が増え始めたので、ずんぐりむっくりとした印象を見る者に与える。

小倉大地刑事は城南署の刑事で二十六歳になる。背は川端と同じぐらいだが痩せている。縮れ気味の髪の毛の下には細く鋭い目と雀斑が目立っている。

「犯人は本当に森田つぐみという女子大生なんでしょうか？」

小倉刑事が川端刑事に訊く。

「現場に学生証という証拠が残ってるんだ。そうとしか考えられないだろうが」

「ですね」

「それも今回の聞きこみでハッキリするだろうさ」

被害者である藤本強の大学の同級生二人と藤本強とつきあいのある女性の三人と待ちあわせをしている。三人にはすでに他の刑事が簡単な事情聴取をしているがさらに詳しいことを聞くために今回の待ちあわせとなったのだ。

「気合いを入れていきますよ」

「その意気だ」

　信号が赤になり川端刑事は止まった。

「小倉。防犯カメラは見たか？」

「被害者のマンションの防犯カメラはダミーです。〝防犯カメラがあるぞ〟と侵入者を威嚇するのが目的で実際には動いてません」

「駅前の防犯カメラは？」

「こちらも映像は残っていませんでした。作動してなかったんです」

「作動していない？　駅前がダミーってわけじゃないだろう」

「ええ。録画して二週間経ったものから順に削除されてゆくシステムなんですが、ちょうど二週間前から作動していないんですよ」

「故障か？」

「のようですね」

「あるいは細工されたか……。録画されたデータを抜き取って、あたかも作動していなかったかのように見せかけた」

「まさか。森田つぐみは、ただの女子大生ですよ。そこまでやりますか？」

「だな」

信号が青になり二人は横断歩道を渡る。

「あそこですね」

殺害された藤本強の関係者三人と待ちあわせをしている喫茶店を小倉は指さした。川端刑事の足が自然と速くなる。

喫茶店に着くと三人は既に席に並んで坐っていた。男性が向かって左端、その隣に女性が二人。

「成川(なるかわ)君に五十嵐(いがらし)さん、それに松山(まつやま)さんだな？」

川端刑事が声をかけると三人は頷いた。川端刑事と小倉刑事が三人の正面に坐(すわ)ってそれぞれ警察バッジを提示した。

「さっそくだが事件のあった日のことを話してもらおうか」

川端刑事の言葉に三人は顔を強(こわ)ばらせる。

「緊張しなくていい。本当のことを言えばいいんだ」

三人は固い表情のまま頷く。

「藤本強の家から俗に言うデートレイプドラッグとして悪用されている薬が見つかってるんだが、このことに関して心当たりは？」

「ありません」

成川がすぐに答えた。

「正直に言うんだ。自分で言うのと露見するのとでは結果がだいぶ違ってくるぞ」

成川の顔が蒼白になってゆく。

「藤本はそういう事を、たびたびやってたとは聞いたことがあります」

成川が言う。

「マジか」

小倉刑事が思わず呟く。

「本人の口からか？」

「はい。自慢するように」

「それをお前は警察に通報しなかったのか？」

「ホントかどうか判らなかったので」

「何か隠してるんじゃないだろうな？」

「いえ」

成川は口籠もる。

「あいつならやりかねないわ」

松山怜奈が口を挟む。

「ワルの匂いを発散させてた男だもん」

「君は婚約者なんだろう？」

川端刑事が視線を成川から松山怜奈に移す。

「親がそう言ってただけよ。うちはあいつと結婚しようなんて思ってなかったわ」

「でもつきあいはあった」

「親の手前、渋々よ」

成川は神妙な顔で松山怜奈の話を聞いている。

「よし。被害者のレイプの話は別件で捜査しよう。それより今は森田つぐみだ」

三人の顔に新たな緊張感が加わったのを小倉刑事は見て取った。

「君たちは森田つぐみと同じクラスだったな？」

成川と五十嵐爽風が頷く。

「藤本強と森田つぐみはどういう関係だったんだ？」

「クラスメイトというだけです」

成川が答えると五十嵐爽風が頷いた。

「親しくはなかった？」

「はい。たぶん、ろくに口を利いた事もなかったはずです」

「それなのに四人でカラオケに？」

「クラス全体の飲み会の後に、そういう流れになって……。席が近かったから」

一度話したことを成川はもう一度話した。

「その後、森田つぐみは藤本強の家に一人で行ったわけだが……」

「酔っぱらったんで藤本が〝駅まで送ってゆく〟って森田さんを連れてカラオケ店を出ていったんです」

五十嵐爽風が頷く。

「それきり戻らなかったんだな？」

「はい」

「変わった様子は？」

「さあ……」

「森田さんはすぐに酔っぱらうような子なのか？」

「判りません。一緒に飲んだのは初めてだったので」

「あんたは？」

川端刑事に顔を向けられ五十嵐爽風は小さな声で「判りません」と答えた。

「あんまり親しくないんです」

川端刑事が溜息（ためいき）をつく。

「藤本強の家から見つかった睡眠導入剤から推測するに藤本強はカラオケ店で森田つぐみに睡眠導入剤を盛り意識を朦朧（もうろう）とさせて家まで連れこんだことが想像されるが……。藤本強が森田つぐみに薬を盛った様子は？」

「判りません。気がつきませんでした」

「それも今後の捜査次第か……。よし。次は松山さん。あなただ」

松山怜奈の顔が今まで以上に引きしまる。

「事件のあった夜、あんたは藤本強の家に行ったな？」

松山怜奈は無言で頷く。

「なぜ行った？」

「ヒマだったから」

怜奈はすぐに答える。

「ヒマだったから、か……。まあいい。何時頃だ？」

「夜の十一時頃だったと思う」

「その時、藤本のマンションには誰がいた？」

「藤本と、女の子がいたよ」

「森田つぐみだな？」

「その時は名前は知らなかったけど……。写真を見て森田つぐみって子だと判った」

「その時、森田つぐみはどんな様子だった？」

「裸だったよ」

五十嵐爽風が「うそ」と呟いた。

「二人はベッドの中にいたのか？」

「そう。やってる最中だった」

五十嵐爽風が口を押さえる。

「森田つぐみの様子は？」

「朦朧とした感じで薬でもやってるのかと思った。前にもそんな事があったからピンと来たんだ」

「前にも？」

怜奈は頷く。

「やっぱり藤本強はレイプの常習犯だったんですかね」

小倉刑事の言葉に川端刑事は応えず怜奈に「それから？」と話の続きを促した。

「うち、頭に来て彼女を追いだしたんだ」

「ちょっと待て。森田つぐみが君より先にマンションを出たのか」

「そうだよ。でも彼女はバッグを忘れて藤本の部屋に取りに戻ったんだ」

「じゃあ君と森田つぐみはほぼ同時に藤本の部屋を出て森田つぐみだけ引き返したと」

「うん」

「その様子をマンションの同じ階に住む住人が目撃しています」

小倉刑事の報告に頷くと川端刑事は怜奈に「その後は?」と訊いた。

「知らない。うちはタクシーで帰ったから」

「これもタクシーの運転手の証言が取れています」

小倉刑事が川端刑事に告げる。

「判った。帰っていいぞ」

三人はそれぞれ顔を見合わせ頷きあうと帰り支度を始めた。

「ただし」

川端刑事が成川翔太を睨む。

「連絡は常に取れる状態にしておけ。別件で訊くことがあるかもしれないからな」

川端刑事の言葉を聞くと成川翔太は項垂れた。

「どう思います?」

三人が出てゆくと小倉刑事が川端刑事に尋ねる。

「経緯は明白だろう」

「と言いますと?」

「何年刑事をやってる」

川端刑事が半ば呆れたような声を出す。

「藤本強は薬物レイプの常習犯だ。その日も森田つぐみをレイプする目的で薬を飲ませたんだろう」

「ですね」

「それで首尾よく自分のマンションに連れこんだ。そこまでは目論見通りだったが邪魔が入った」

「松山怜奈ですね」

「ああ。それで、すったもんだの挙げ句に松山怜奈も森田つぐみも藤本強の部屋を出た」

「ところが森田つぐみだけ引き返した」

「バッグを置き忘れていたからな」

「そこで事件が起きたんですか」

「おそらく舞い戻った森田つぐみを藤本強がまた襲ったんだろう。諦めるには惜しくてな」

「ところが返り討ちに遭った」

「そういう事だ。襲われた森田つぐみは必死の抵抗をするうちにキッチンにあった包丁で藤本強を殺害するに至る。そのことに動転した森田つぐみは、その場から逃亡して現在も姿を晦ませたままだ。凶器を持ったままな」

「逮捕状を取りますか？」

「指名手配だ」

川端刑事は立ちあがった。

*

新宿区西新宿にある小振りなビルの二階に〈グリーン協会〉事務所がある。三階は〈グリーン協会〉のコンピュータルームが占めている。ビルの所有者は〈祠剣会〉で入居者はすべて〈祠剣会〉に関わりのある組織である。

ディスプレイに向かってキイボードを叩いている柴峡子の背後で十菱が見守る。反対側のデスクでは二人に背を向け花川が作業をしている。花川は三十六歳。背はさほど高くないがスマートな体型をしていて身だしなみも洗練されている。頭髪は整髪料で固め銀縁の眼鏡も高級品だ。頭の切れる花川は〈グリーン協会〉の事務処理を引きうけるほか〈虎泉組〉〈祠剣会〉絡みの案件の行動計画を立てる役割も負っている。

「女は千葉貴子。関東放送のレポーター」

柴峡子がパソコンを操作しながら十菱に報告をする。輪島アリスと対比地翔から送られてきた車のプレートナンバーから柴峡子は持ち主を割りだしていた。

「男は？」

「犬飼大志郎。週刊ヴァーチャルの記者」

ディスプレイ脇のプリンターからはカタカタと音がして千葉貴子と犬飼大志郎に関するデータがプリントアウトされてくる。

「二人に繋がりは？」

「不明ですが二人は二度ほど同じテーマを扱っています」

「同じテーマか。同じジャーナリスト畑の人間だし、その辺りで接点ができた可能性はあるな」

柴峡子は応えない。

「どんなテーマだ？」

「〈祠剣会〉です」

「〈祠剣会〉だと？」

「はい」

「二人とも〈祠剣会〉を追っていたというのか」

「そう言いました」

十菱は低い唸り声を発する。

「二人は最初から繋がっていたというわけか」

「別々に輪島を追っていて偶然、現場で出会したことも考えられます」

花川が言った。

「そこで咄嗟に輪島アリスと対比地翔が森田つぐみを拉致しようとしていることに気がついて機転を利かせて森田つぐみを守った……」

「そんな事がありえるか？」

「我々を追っているようなジャーナリストなら、それぐらいの機転が利いてもおかしくはないでしょう」

「なるほど」

「特に犬飼は森田つぐみと行動を共にしています。抹殺する必要があります」

「判った。まず、その二人からだ。それが終わったら千葉貴子だ」

「では犬飼と森田つぐみの口座を凍結して動きを封じましょう」

「できるか？　柴」

「できます」

柴峡子はキイボードを叩き続ける。

「森田つぐみの口座を凍結しました」

柴峡子の手は止まらない。

「犬飼大志郎の口座を凍結しました」

「花川。二人の口座を凍結したことを輪島と対比地に連絡しろ」

「畏（かしこ）まりました」

「いいか。失敗は許されない。森田つぐみは何が何でも殺すんだ」

「心得ています」

花川はスマホを手に取った。

＊

犬飼は車を駅の近くにあるスーパーマーケットの駐車場に停めた。

「降りよう。車は、ここに置いてゆく」

「後は歩き？」

「電車で新宿まで行く。その前に預金を下ろしておこう」

事情を察したつぐみは頷いた。二人は駅前のＡＴＭに入った。

「下ろせないわ」

つぐみはディスプレイを見ながら言った。

「暗証番号を間違えてるんじゃないか？」

「間違えてない。しっかり覚えているもの」

「もう〈祠剣会〉の手が回っているのかもしれない。俺の預金を下ろそう」

「大丈夫？」

「時間の問題だが、まだ大丈夫だと思う」

犬飼とつぐみは位置を入れ替わった。犬飼が番号を押してゆくと微かな振動音が起こった。

「大丈夫だ」

振動音が止まった。

「え?」

ディスプレイに〝このカードはただいまお取り扱いできません〟の文字が表示される。

「下ろせないの?」

「下ろせない。出よう」

二人はATMブースを出た。通りの向かい側から黒いスーツを着た男が三人、横断歩道を走って渡ってくる。

「逃げよう」

「え?」

「〈虎泉組〉の連中だ」

「〈虎泉組〉って?」

「〈祠剣会〉系列の暴力団だ」

犬飼は手を挙げてタクシーを止めた。男たちが走る速度を速める。タクシーが犬飼の前で停まった。つぐみとタクシーに乗ると犬飼は「すぐに出してくれ」と中年の男性運転手を急かした。

「どちらへ？」

「出せ！」

タクシーは発車した。

「近くにスーパーがあるだろう。そこへ行ってくれ」

「そんな近くに？」

「釣りは要らない」

犬飼は財布から千円札を二枚取りだすと助手席に放った。

「追われてるんですか？」

「借金取りにな」

運転手は、それ以上は訊かずに目当てのスーパーに着いた。

「入口付近に俺のインプレッサが停めてある。その側につけてくれ」

犬飼の指示通りにインプレッサの側にタクシーが停まりドアが開いた。犬飼はつぐみの手を引っ張り無言で降りるとインプレッサのロックを解除してつぐみを助手席に押しこみ自分は運転席に坐りすぐさま発車した。隣のタクシーはまだ動いていない。黒いセダンが二台、猛スピードで駐車場に飛びこんできてタクシーを挟むように停まった。その脇を犬飼が運転するインプレッサがすり抜ける。

「逃げられる?」

「俺の車の車種は知られているだろうから、すぐに気がついて引き返してくるはずだ」

「もう気がついたみたいよ」

後ろを見たつぐみが言った。バックミラーにUターンしようとしている黒塗りの車が映っている。犬飼はスピードを上げた。駐車場を出るとすぐに大通りの反対車線に回りこんで疾走する。

「ついてきてるか?」

「ついてきてるわ」

「同じ色のインプレッサが走ってる。あの車の後につけよう」

犬飼が車線変更して強引に前方を走っていたインプレッサの後ろにピタリとついた。あおり運転と思われたのか前のインプレッサが逃げるように急にウィンカーを点けて右折した。犬飼も続いて右折する。前のインプレッサは速度を上げる。犬飼は追いかけないで左折した。

「いま追っ手が前のインプレッサを見たら俺たちだと思ってそっちを追ってくれる」

「思わなかったみたい」

バックミラーに黒塗りの車が映る。

「前を見て！　救急車よ」

周囲の車は救急車を見てみな路肩に寄って一時停車している。犬飼は停まらずに救急車に向かって走る。犬飼は急ブレーキを踏みスピンをかけながらUターンすると今度は救急車の後ろにピタリとついた。

「赤信号よ」

救急車が速度を落としながら赤信号を渡ってゆく。犬飼も救急車の後について赤信号を渡る。途端に激しいクラクションが鳴らされる。が犬飼は救急車に続いて赤信号を渡りきった。

「向こうも渡ってくるわ」

黒塗りの車にも容赦なくクラクションが浴びせかけられる。救急車が渡り終わって走行を再開した交差する道から進んでくる大量の車群に阻まれ黒塗りのセダンは立ち往生する。

「止まったわ」

「時間の問題だ。逃げられるところまで逃げよう」

犬飼は救急車を離れ右折と左折、直進を繰り返しながら運転を続ける。

「運転うまいのね」

「これでも運動神経はいいんだ。ドリブル突破の要領を思いだしたよ。昔はJリーガーを目指していたからね」

「Jリーガー?」

「本当かどうか判らないけど俺の曽祖母はリバプール出身だなんて噂が親戚で囁かれたりもしていたんだ。サッカーがうまいのはその血のせいだってね」

車は大型スーパーの地下駐車場に進入した。

「降りるの?」

「車を、ここに捨てて電車に乗り換える」

「大丈夫?」

「車に乗っているよりはマシだ。ここは車がたくさんあって見つけにくいし地下だから地上からは見えない」

犬飼は車を停めると、すぐに降りた。つぐみも続く。

「さっき駅を見た。降りたらすぐだ」

「どこに行くの?」

「千葉貴子という知りあいの女性のところだ」

犬飼は駅に向かって歩きだした。

*

男子大学生殺害事件を捜査するために東中野署に捜査本部が立てられた。

「被害者の名前は藤本強」

東中野署署長の三島雄二がホワイトボードの脇に立ちながら事件の概要を説明する。三島雄二は五十三歳になる。顔が大きく躯は太り気味だ。

ホワイトボード脇のデスクには捜査本部長である警視庁捜査一課長の高井照夫と刑事部長の山岸和憲が並んで坐っている。高井照夫は五十歳。中肉中背で眉間の皺が目立つ。山岸和憲は五十四歳。長身で細面だが視線は鋭い。

「本日、マンションの自室で死亡しているところを訪ねてきた大学の同級生が発見しました」

三島雄二は被害者の情報、死亡推定時刻、発見時の状況など事件の概要を順次、説明してゆく。

「犯人の目星は？」

捜査員の一人が挙手して質問を発する。

「森田つぐみという女性です」

三島雄二が敬語を使ったのは捜査一課長と刑事部長が聞いているからだろう。

「その女性は？」

「被害者の大学の同級生で被害者が殺された夜、共に過ごしています」

「現在、その女性は？」

「連絡が取れない状態です」

「行方を晦ませた、って事ですか」

「予断は禁物だが、まず森田つぐみがホンボシと見て間違いないでしょう」

「森田つぐみの逮捕状を取って指名手配をかけた」

捜査本部長の高井照夫が口を挟む。

「各自、森田つぐみの確保に全力を挙げること」

捜査員たちは返事をすると立ちあがり、それぞれの持ち場に散っていった。

＊

電車に乗っても、つぐみは生きた心地がしなかった。

（恐ろしい組織が自分を追っている。この人の話を信じるなら、その組織は、あたしを殺そうとしている。しかも警察まで、あたしを殺人犯として追っている）

信じられない。だけど信じるしかないようだ。

「どこで降りるの？」

つぐみは少し震える声で尋ねる。

「新宿だ」

「そこにいるの？　チバタカコっていう人は」

「彼女のところへは行かない」

「え？　でもさっき」

「考えてみれば彼女は〈祠剣会〉にマークされている可能性がある。さっき君を攫って逃げるときに〈グリーン協会〉の車に割りこんで協力してくれたのが千葉貴子だ」

「そうなの？」

犬飼は頷く。

「〈グリーン協会〉のことだ。彼女が仲間だと見抜かれた可能性はある」

「その人にも迷惑がかかるわ」

「彼女はジャーナリストだ。危険は覚悟の上だ」

「ジャーナリストだからって危険な目に遭うことはないでしょう」

「たしかにそうだな。だけど、もう巻きこまれている」

「あたしのせいね」

「すべては運命だ。今は、とにかく身を隠すことを考えよう。それが先決だ」

「その後は？」

「真相を突きとめる。君はなぜ狙われているのか？　その真相だ。その真相を探ることしか君が救われる道はない」

「それしか？」

「〈祠剣会〉は君を殺人犯に仕立てあげる動きをしている。証拠を捏造しているかもしれない」

「うそ……」

「いずれにしろ君は逃れられない。君が対抗するには〈祠剣会〉の攻撃を覆すだけの根拠を示すしかないんだ。それが千葉貴子を救うことにも繋がる」

「チバタカコさんを……」

「そうだ。だが時間がない。〈グリーン協会〉は今も俺たちを追ってる。捕まる前に真相を解明しなければいけないいんだ」

電車が新宿駅に停まった。

「降りよう」

つぐみは犬飼の後に続いて雑踏のホームに足を降ろす。自分が異世界に迷いこんだような錯覚に囚われた。だがこれは紛れもなく現実なのだ。その事実に戦慄を覚える。人の波に押されて犬飼を見失いそうになる。

「離れるな」

犬飼がつぐみの手を摑んだ。犬飼に引かれるままホームの雑踏をくぐり抜ける。つぐみは必死に犬飼についてゆく。改札にパスモを翳して通り抜けて、しばらく歩くと地下の柱に寄って犬飼は立ち止まった。

「追っ手は？」

つぐみは辺りを見回さず犬飼の目をやや見上げるように見つめて訊いた。周りを見たら目立つような気がしたからだ。

「いないようだ」

つぐみの口から安堵の吐息が漏れる。

「今なら隠れ家に入ることができる」

「隠れ家？」

「こっちだ」

犬飼はつぐみの手を引いたまま歩きだした。

＊

千葉貴子は警視庁を訪ねていた。応対するのは川端四郎刑事である。

「藤本強殺害の犯人を知っているという事ですが」

窓口で応対した者から事情を聞いた川端刑事は席に着くなり切りだした。

「知っています。その事によって、わたしの命も狙われる危険性があります。だから警護をつけてもらいたいんです」

「待ってください。いきなり警護をつけろと言われても困る。まず藤本強殺害の犯人を知っているのなら誰か教えてください」

「〈虎泉組〉です」

「ほう」

「もっと詳しく言うと〈虎泉組〉傘下の探偵社〈グリーン協会〉のメンバーです」

「どういう事ですかな？」

「説明します」

貴子は自分と犬飼、そして森田つぐみに起こった出来事を時系列に沿って丁寧に説明した。川端刑事は貴子の説明に口をあまり挟まず辛抱強く聞いていたが説明が終わると頭に手をやり「信じにくい話ですなあ。あなたの推測でしょう？」と言った。

「はい。でも間違いないと思います」

「われわれは藤本強殺害の重要参考人として森田つぐみの行方を追っています。あなたは森田つぐみの居場所を知っているんですか？」

「知りません。はぐれてしまったので。彼女の名前もニュースを見て知ったんです」

「もしあなたの言ったことが本当だとしたら逆に犬飼という男が森田つぐみを拉致したという事実が浮かびあがりますな」

「拉致じゃなくて保護です」

「百歩譲って、あなたがたに悪気はなかったとしても〝命を狙われている〟というのは、あなたがたの想像に過ぎない。やっていることは想像に基づいた拉致です」

「そう思えるでしょうが調べてください。〈祠剣会〉そして〈グリーン協会〉のことを」

「無理ですな」

「え？」

「森田つぐみには逮捕状が出て指名手配されている。それは捜査のプロ集団である警察が情報収集と推論を重ねて得た結論だ。間違いのない結論なんだよ」

「冤罪（えんざい）という事もあります」

「ない。警察を嘗（な）めてもらっては困る」

「そんな……」

「むしろ」

川端刑事の眼光が鋭さを増した。

「森田つぐみの目撃者であるあなたに話を聞かなければなりませんな」

「事情聴取ですか？」

「その通りです。いいですか？」

「知っていることは何でも話します」

「長くなりますよ」

「その間、警察に保護されてる事になりますよね」

「なるほど。警護をつけてくれといったあなたの目的達成ですか」

「少なくともその間は」

「ではこちらへ」

千葉貴子は聴取室に移された。

＊

西新宿のシティホテルの地下に向かう階段を犬飼は降りてゆく。森田つぐみも、その後についてゆく。バーらしき店のドアの上に〈ボランチ〉という看板が見える。

「この店だ」

「バー？」

　犬飼は応えずにドアを開けた。三十代と思しき男性がカウンターの中にいて白い布でグラスを拭いていた。背は高くないがガッシリとした体格をしている。肉が程よくついた丸顔に口髭が似合っている。壁には大型の液晶ディスプレイが掛けられていて海外のサッカーの試合を映しだしている。

「若いガールフレンドだねえ」

　グラスを拭いている男性が犬飼に大きな声をかける。

「マスター。匿ってくれ」

　マスターと呼ばれた男性は目を丸くした。

「これは驚いた。逃避行かい？」

「その通りだ」

　マスターがヒュウと口笛を吹く。

「だけど色恋沙汰じゃない。命を狙われてるんだ」

　つぐみは心配そうな顔で犬飼とマスターに交互に目を遣る。

「穏やかじゃないな。ちょっと待って。話を聞きましょう。その前に閉店のプレートを出しますよ」

「すまない」

マスターはカウンターを出るとドアの表に〝閉店〟の札を掲げて店内に戻ってきた。

「どういう事なんだい？　その子は誰です？」

「彼女のことはよく知らない」

「え？」

「街で襲われそうになっているところを助けたんだ」

「そういう事ですか。正義感の強い犬飼さんらしい。だけど警察に行った方がいいな」

「警察には行けないんだ」

犬飼は素早く事情を説明した。

「〈祠剣会〉か」

事情を聞いたマスターが溜息混じりに呟いた。

「〈祠剣会〉をご存じですか？」

つぐみがマスターに訊いた。

「知ってるよ。しかし、そういう危ない組織だったとはね」

「だから俺は〈祠剣会〉のネタを追ってたんだよ。そうしたら」

「危ない場面に遭遇して今ここにいる」

犬飼は頷く。

「事情は判ったよ犬飼さん」

「信じてくれるんですか？」

つぐみが思わず訊いた。

「もちろんだよ。犬飼さんは嘘をつくような人じゃない。それは私もよく知ってますよ」

マスターの言葉につぐみは胸が詰まった。

「この店は好きなだけ使ってくれ。今日は、このまま閉店するよ」

「いいのか？」

「もちろんだよ。命の危険もあるんだろ？」

「すまない」

「気にしなくていい。奥に寝泊まりできるスペースはある。二人分は……少し、きついけど何とか寝れると思う」

「恩に着る」

「協力するよ犬飼さん。私と犬飼さんの仲だ」

「マスターとは昔、ある事件をきっかけに知りあったんだ」

犬飼がつぐみに向かって言った。

「ある事件？」

「Jリーグで起きた連続殺人事件だよ」

「あの事件ですか」

「君の歳(とし)でも知ってるのか」

「知ってます。有名な事件ですから」

「こっちも、その事件の渦中にあったからね。肝は据わってるつもりだよ」

マスターが言った。

「だけど犬飼さん。いつまでも隠れているわけにもいかないでしょう」

「真相を解明する。そして発表する。それが、この子が安全になる唯一の方法だ」

マスターは頷いた。

「でも真相解明の手掛かりはあるのかい?」

「ほとんどない」

「だったら手の打ちようがないでしょう」

「考えられるのは草薙剣だ」

「草薙剣?」

「〈祠剣会〉で二十年ほど前に草薙剣の研究をしていた般若(はんにゃ)という男が殺された。表向きは事故死だけど俺は殺されたと睨んでいる」

「それが、その子と関係あるの?」

「千葉貴子が追っていたのも草薙剣に関することだ」

「草薙剣の何を？」

「〈祠剣会〉が本物の草薙剣を保管していたという噂だ」

「単なる噂でしょう」

「その噂の出典は般若の研究なんだ。単なる偶然だとは思えない」

「〈祠剣会〉が草薙剣に関して異常な関心を寄せていたとしても、それがその子と関わりがあるとは限らないでしょう」

「では、なぜ狙われた？」

　マスターは犬飼の言葉を考える。

「たしかに妙だな」

「あたし自身も草薙剣にはある程度の知識があります」

「え？」

　犬飼が声をあげる。

「草薙剣の知識が？」

「大学で研究していましたから」

「それは、どうして？」

「なんとなく……。物心ついたときから古事記には、ずっと関心があったんです」

「きっかけは思いだせない?」

つぐみは首を横に振る。

「幼い頃に親から古事記の話を聞かされていたとか」

マスターが助け船を出す。

「なるほど。それが記憶の隅に残って無意識のうちに古事記に関心を寄せたという事は考えられるな」

「その家族が今回の件に関係しているとは考えられないかな?」

「家族のことは知らないんです」

「え?」

「父も母も知らないんです。あたしは養護施設で育ったから」

「養護施設……。ご両親は事故か何かで?」

「それも知らないんです。あたしは三歳の時に養護施設の前に立っていたの」

「立っていた?」

「捨てられたんです」

マスターは息を飲んだ。

「たしかに、その辺りに真相に近づく鍵(かぎ)があるかもしれないな」

犬飼の呟きにマスターは頷く。

「森田さん自身に心当たりがない以上、たぶん、そういう事だろう」

「森田さんには微かに古事記の記憶がある。二十年ほど前に〈祠剣会〉で草薙剣の研究をしていた般若恒成（つねなり）という学者が殺された。そして今、森田さんは〈祠剣会〉から狙われている」

「もしかしたら……」

マスターの言葉に犬飼は頷いた。

「森田つぐみさんは般若恒成の子供かもしれない」

「え？」

つぐみの目が大きく見開かれた。

「ホントに？」

「判らないけど、その可能性が高いと思うよ。森田さん。君が養護施設に入ったのは何歳の時？」

「三歳、らしいです」

「今から十八年前だね？」

「はい」

「般若が死んだ年だ。時系列的には符合する」

つぐみが息を飲む。

「養護施設には、どうやって来たの？　車で？」

マスターがつぐみに訊く。

「たぶん……。でも、よく覚えていない」

「覚えてないのか」

「養護施設に知ってる人はまだいるか？」

「園長先生ご夫婦がいると思います」

「その人なら何かを知ってるかもしれない。森田さん。園長先生から、お父さんのことは何か聞いてる？」

「何も聞いてないわ」

「今から訊いてみよう。何か知ってるけど敢えて言わなかったのかもしれない。事情を話せば教えてくれるかもしれないから。電話番号は判るか？」

「覚えてます」

「マスター。すまないがスマホを貸してくれないか？　俺たちのスマホはマークされていると思う」

「判った。二台持ってるから、あまり使ってない方を渡そう」

マスターがスマホをつぐみに渡した。

＊

JR八王子駅からバスで四十分ほどの停留所で降り、さらに二十分ほど歩いた場所に養護施設〈ライフポート〉はある。未就学児が昼寝をすると園長夫婦は裏手の畑に歩いてゆくのが日課となっている。

園長の内野旭は四十八歳になる。身長は百七十センチほど。卵形の顔で頭は剃っている。その細い目には、いつも笑みが浮かんでいる。贅肉のついていない軀は身軽に動きそうだ。

妻の実枝子は四十七歳。小柄だが夫よりも肉づきがよい。丸顔で、やはり笑みを湛えている。

「そろそろキャベツが収穫できそうだな」

「そうですね」

実枝子がそう答えたときスマホの着信音が鳴った。内野旭がズボンのポケットからスマホを取りだして耳に当てる。

――はい。内野です。

――園長先生ですか？

聞き覚えのある声だった。

——つぐみちゃん？

——はい。つぐみです。森田です。

内野旭はスマホを少し口から離して実枝子に「つぐみちゃんだ」と教える。

——久しぶりだね。元気にやってる？

——はい。

答えるまでに僅かの逡巡があったような気がした。

——園長先生。実は訳あって父のことを知りたいんです。

——父……あなたのお父さんのこと？

——はい。

——どうして今？

——込みいった事情があって。

——そう。だけど、つぐみちゃんのお父さんのこと、ご家族のことは、わたしたちも何も知らないんだよ。

——そうですよね。

——力になれなくて悪いけど。

——いいんです。

——つぐみちゃんの声が聞けて良かったよ。

内野旭は細い目をさらに細めた。

＊

つぐみはスマホを耳に当てたまま犬飼に首を横に振って見せた。

「駄目か」

マスターが嘆息する。

——お手数おかけしました。

つぐみが通話を切ろうとする。

「どうして君は森田と名乗ったんだ？」

「え？」

ふいに発せられた犬飼の言葉を、つぐみは訊きかえした。

「名字だよ。どうして君は森田なんだ？」

「知らないわ。気がついたときには森田だったから」

「その人に訊いてくれ」

つぐみは頷くと内野旭に話しかけた。


――園長先生。

――つぐみちゃん。今度、園にも遊びに来てくれ。

――はい。その前に、もう一つ、お訊きしたいことがあるんですけど。

――なに？

――あたしは、どうして森田なんですか？　両親のことも知らないんですよね？

――それは……。

内野旭は口籠もった。犬飼とマスターはスマホの向こうの言葉を固唾を呑んで待つ。

――自分で名乗ったんだよ。

――え？

犬飼とマスターの目が見開かれる。

――つぐみちゃんは自分で自分のことを森田だと名乗った。私が〝お名前は？〟って訊いたとき〝森田つぐみ〟だと答えたんだ。

――そうなんですか？

――思いだした。間違いない。

――あたしは自分で〝森田つぐみ〟だと名乗った。

――つぐみちゃん。どんな事情が生じたのか知らないけど困った事があったら、いつでも相談してくれよ。

――ありがとうございます。

丁寧に礼を言うとつぐみは通話を切った。

「君の父親は森田という名前だったのか」

「みたいです」

「てっきり般若恒成が父親だと思っていたが」

犬飼は考えこんだ。

「森田という名前に心当たりはある？　その……自分じゃなくて親戚とか」

「何もありません。自分以外に森田という人は知りません。親戚は誰も知らないし」

「そうだよな」

犬飼は、さらに考える。

「〈祠剣会〉に森田という人物がいるかもしれない。マスター。ネットは使えるか？」

「そこのノートパソコンが使える」

犬飼は指さされたノートパソコンを引きよせると起動させてブラウザを開き検索し始めた。

「〈祠剣会〉の名簿を呼びだした。アイウエオ順になっているから……」

〝マ行〟を見るが〝森田〟の名前は見あたらない。

「過去の会員は？」

「調べてみる」

犬飼は更に検索を進めるが該当者は見あたらない。

「〈祠剣会〉に森田という会員は過去にも現在にも、いないようだ」

「般若の友人という事はないか？　般若の友人、もしくは知りあいに森田という人物がいれば」

マスターの言葉に犬飼は答えない。

「見当外れかな？」

「いやマスター。可能性はあるかもしれない」

「そうか？」

「森田さんが〈祠剣会〉から狙われた原因を様々な事象から検討すれば、やっぱり森田さんと般若恒成という人物に何らかの関係があるんだと思う。いや、親子の可能性が高いと思うよ。そして般若恒成が森田つぐみさんの父親なら友人に我が子を託したということも考えられる」

「その友人が森田という人物……」

犬飼は頷く。

「だけど般若は何年も前に死んでいる。森田という人物が友人、知人の中にいるかどうか、どうやって調べる？」

犬飼は考える。

「スマホを貸してくれ」

マスターが無言で犬飼に自分のスマホを渡す。

――犬飼だ。

――無事なの？

女性の声がいきなり問いかけてきた。

――無事だ。いま、あるところに匿ってもらっている。

――よかった。

――そっちは？

――今のところ無事よ。

相手の女性は千葉貴子だった。

――あのね犬飼さん。わたし、警察に事情を話したわ。

――え？

――その方がいいと思ったのよ。駄目だったかしら。

――いや、その方が安全だ。ただ……警察は信じてくれたか？

――いいえ。

――だよな。

――とりあえず、わたしの保護を頼んだわ。

――それがいい。君も危ないから。この電話も、あまり長くかけない方がいい。盗聴される危険がある。用件を言ったらすぐに切るよ。

――用件って？

――調べてもらいたい事がある。

――なに？

――般若の友人、知人に森田という名字の人物がいたかどうか。

――なるほど。

千葉貴子はすぐに事情を察した。

――すまない。君を巻きこんでしまった。

――わたしがあなたを巻きこんだっていう見方もできるのよ。

通話を聞いていたマスターが「男気のある人だな」と呟いた。

——いったん通話を切るわ。結果が出たら、このスマホにかけ直すわ。

通話が切れた。

「〈祠剣会〉は、どうして君を見つけられたんだろう？」

スマホをマスターに返すと犬飼は呟いた。

「どういう事？」

つぐみが訊きかえす。

「〈祠剣会〉は般若恒成が死んでから、ずっと森田さんを捜していたはずだ」

「だろうな」

マスターが応える。

「その間、ほぼ二十年。だけど見つけられなかった。それが今になって突然、見つかった」

「何か、きっかけがあったんだろう」

「そのきっかけは何だ？」

「調べてみるか？」

犬飼は頷くと再びノートパソコンで検索を始めた。

「森田さんのクラスメイトが殺害された事件そのものにヒントがあるような気がするんだ」

ニュースサイトをざっと見る。

「ニュースになってるか？」

「ああ。扱いは大きくないが、いくつか見つかるな。やはり君が犯人と思われている」

つぐみの息が幽かに荒くなった。

「ん？」

「どうした？」

「君の胸の写真がアップされている」

「胸？」

つぐみが身を乗りだしてディスプレイを覗きこむ。そこには女性の胸が映しだされていた。顔は映っていない。

「これは……」

「ガセネタか？」

つぐみは首を横に振った。

「あたしです」

犬飼はディスプレイを閉じた。

「どうして判る？」

「痣です」

ネット上にあげられている胸の写真には乳房と乳房の間に拳大のX字型の痣が浮きでていた。

「自分でアップしたわけじゃないよな？」

「まさか」

「だったら、どうして」

「もう一回見てみる」

犬飼の言葉につぐみの顔が強ばる。

「アップされた経緯を知りたいんだ」

犬飼はもう一度、ディスプレイを開いて検索を始める。

「判るか？」

しばらくしてマスターが尋ねる。

「ああ。殺された森田さんのクラスメイトがアップしたようだ」

「藤本君が？」

犬飼は頷くとディスプレイを閉じる。

「君はその、彼と……」

　つぐみは首を横に振る。

「何も覚えてないんです」

「そうだったな」

「ただ目覚めたら裸で藤本君のベッドに寝ていたんです」

「その間に彼が写真を撮ったんだ」

　つぐみは言葉を発することができない。

「もしかしたら君が僅かの酒で意識を失ったのは知らないうちに彼に睡眠導入剤でも飲まされたのかもしれないな」

「そんな……」

「そういう事をする男はいるんだよ。デートレイプドラッグという代物も流通しているんだ」

「デートレイプドラッグ……」

「これを飲まされたら意識が朦朧として相手の男性に〝少し軀を休ませよう〟なんて言われたら抵抗感なくホテルにでも連れこまれてしまう」

　つぐみの顔は蒼白(そうはく)だ。

「その彼が意識を失った君を裸にして痣に気がついた。興味を持った彼は写真に撮ってネットにアップした。そんなところだろう。そしてアップされた君の胸の痣が〈祠剣会〉の目に止まった……」

「〈祠剣会〉が、その痣のことを知っていたという事か？」

「そういう事だろう。だから君は突然〈祠剣会〉に狙われ始めた」

「痣は、いつから？」

「昔から。小さな頃からありました。物心ついたときには」

「生まれつきのものか、赤ん坊の頃についたのか……。いずれにしろ般若恒成が殺されたときには、もう痣はあった。そしてそのことを〈祠剣会〉は知っていた」

スマホの着信音が鳴った。犬飼は素早くスマホを耳に当てる。

——般若の周辺に森田という人物がいたわ。

犬飼はマスターと目を合わせる。

——誰だ？

つぐみに視線を移しながら尋ねる。

――森田圭介。学者よ。

――学者仲間なのか？

――森田圭介は般若と大学で同級だった人物よ。

――なるほど。繋がりがあるわけか。

――大学で同級なら当然、般若と顔見知りですね。

――そのほかに森田という人物は？

――わたしが調べた限り見あたらないわ。

――だったら般若恒成と繋がりがある森田圭介という人物が森田つぐみの父親である可能性が高いな。

犬飼は自分を納得させるように頷いた。

――何の学者だ？

――鉄よ。

――鉄？

――ヒヒイロカネの研究をしてるわ。

――ヒヒイロカネ……。何だそれは？

――直接会って訊いてみたら？

――そうだな。どこにいる？

――八王子よ。そこで農業をしてるわ。

――農業？

――大学教授を辞めて隠遁生活をしてるの。

――電話番号は？

――不明よ。

――だったら直接、行くしかないな。

――住所を言うわ。

犬飼は千葉貴子の告げる住所をメモした。

「行こう」

住所をメモして通話を切ると犬飼はつぐみに言った。つぐみは頷く。

「いるかどうか判らないぞ」

「それでも行くしかない。森田つぐみさんの父親かもしれないんだ。そして手掛かりは、そこにしかないんだ。留守だったら待つさ」

「僕の車を使うか？」

「いいのか？」

「ああ。乗りかかった船だ。最後までつきあうよ」

「すまない」

「いいってこと。幸い、僕は〈祠剣会〉にはノーマークなんだろ？」

「そのはずだ」

マスターは犬飼に車のキイを渡した。

「ホテルの駐車場に停めてあるレガシィだ。アクセスキイだが、使い方、判るか？」

「判る」

「それとＥＴＣカードも渡しておこう。高速を使うときはあった方が便利だろう」

「すまない」

犬飼はカードを受けとった。

「ＪＡＦには入ってないからエンストなんか起こすなよ」

「そんな余裕はないさ」

「用事が済んだら、いつでも店に帰って塒にしていい」

「そこまで迷惑はかけられない。ホテルに泊まるよ」

「遠慮するなよ」

「何日かかるか判らないんだ。店の戸締まりだってあるだろう。俺が店の鍵を預かるわけにもいくまい」

「それもそうか」

「気持ちだけ受けとっておくよ。とてもありがたい」

マスターは〝いいってこと〟との意なのか軽く手を振った。犬飼とつぐみは森田圭介に会いに店を出た。

*

内野旭は通話を切った。

「つぐみちゃんからだ」

「何て？」

「自分の父親のことを知りたがっていた」

内野実枝子の顔が引きしまった。

「何かが動きだしたのかもしれませんね」

実枝子の言葉に内野旭は無言で視線の先の山を見つめていた。

三章　出生の秘密

千葉貴子はカメラに向かって話していた。

――藤本強を殺害したのは森田つぐみではありません。〈グリーン協会〉が関与していると思われます。

貴子はその根拠を滔々と述べあげた。

「これでよし」

貴子は話し終えると動画データを動画サイトに投稿しようとノートパソコンの電源を入れる。ネットに繋ごうとするが繋がらない。

（え？）

何度も試みるが回線が切断されている。

（やられた）

〈祠剣会〉の仕業だと確信した。貴子は、すぐさま財布を持って外に出た。関東放送の三宅ディレクターに連絡するためである。ネットが遮断されているのなら固定電話とスマホも傍受されている可能性が高いと判断した。公衆電話を見つけるとすぐに番号をプッシュする。

――三宅さん。お願いがあるの。

――この商売をやっていて良かったよ。美女からお願いされるなんて普通じゃ滅多に訪れないシチュエーションだからね。

――〈祠剣会〉の悪事を告発したビデオを送るから動画サイトにアップしてくれない？

――千葉君。危ないことはしないって約束したよね？

――不可抗力でこうなっちゃったのよ。これには女性の命が懸かっているの。

――やるんなら自分でやってくれよ。その代わり当社とは縁を切ってからね。

――通信手段がすべて遮断されているの。

――そんな事ができるほど危険な相手なら当社としても僕個人としても関わりあうのはごめんだ。

――冷たいのね。

――僕にも家族がいるんだよ。

――判ったわ。他を当たってみる。

貴子は通話を切ると別の番号に電話をかけた。

＊

星野仙夢が社長室で古い雑誌をめくっているときに星野宛の直通電話のベルが鳴った。
星野はすぐに受話器を取る。
——千葉です。
——あんたか。
貴子は掻い摘んで事情を話した。
——だから、そちらから動画をアップしてもらいたいの。
——アップした途端に削除要請されて、すぐに削除されるだろう。
——それでも一度でもアップしたら誰かが保存するかもしれないわ。
——個人が保存したところで影響力は、たかがしれている。逆にアップした我が社が

〈祠剣会〉に目をつけられて潰れるよ。

――そうかもしれないわね。

――第一、状況証拠だけで物的証拠がないんだから誹謗中傷と見なされる。まずは確たる証拠を摑むことだ。その前に下手に動いたら証拠をすべて湮滅される恐れもある。

――そうか。

――だが念のために動画はこっちに送ってくれ。ネットを使えないんだったら郵送でもいい。

――ありがとう。

――調べ物についても協力しよう。

――調べ物?

――ちょっと思いついた事があるんだ。

――なに?

――判ったら連絡する。

――いま調べられない?

――いま?

――一刻を争う渦中にいるのよ。

――それもそうだな。通話はハンドフリーでそのままにしてネットで調べてみよう。

――ありがとう。で、思いついた事って？

――〈祠剣会〉が、いつできたのかって事だ。

星野はスマホをホルダーに置いて通話をしながらパソコンを開く。

――〈祠剣会〉は明治の初めに設立されたはずよ。

――それは判ってる。だが〈祠剣会〉が本物の草薙剣（くさなぎのつるぎ）を所有していたとなると明治どころか遥（はる）か古代から続いていたことになる。

――そうか。

――それがいつからなのか知りたいんだ。

――〈祠剣会〉の前身ね？

――ああ。その前身が草薙剣を所持していた事になるからな。

――前身が……。

――そうなんだ。〈祠剣会〉本部ビルは二十年ほど前にできたばかりだ。

――いま草薙剣はその本部にあるのかしら？

――本部は内部構造も判っていて草薙剣を隠すような箇所はない。

――だったら別の場所に……。

――前身が判ればそれも判るような気がする。

星野がパソコンを操作する指を止めた。

――何か判った？

その気配を察した貴子が尋ねる。

――いま〈祠剣会〉と繋がりのある組織といえば〈華席院〉と〈グリーン協会〉それに〈玉蘭会〉だが、いずれも昭和、平成になってからの組織だ。

――そうね。

――その前から草薙剣を保管していたとすれば〈祠剣会〉の前身とも言える組織が絶対にあるはずなんだ。

――見つかったの？

――引っかかるものが見つかった。

――教えてちょうだい。

――〈祠剣会〉の関連組織として、いま言った三団体の他に京都に剣道場と空手の道場がある。
――京都に？
――それも北部、海に近い場所だ。
――その二つの道場は明治以前からあるの？
――いや。明治に入ってから設立された。
――だったら。
――その二つはどうして京都に建てられたんだろう？
――え？
――〈祠剣会〉の直営なら本部がある東京に建てられるのが自然なような気がする。
――何か事情があったんじゃない？
――どんな事情だ？
――それは……。
――二つの道場は、とても近い位置に立てられている。まるで何かを守るように……。
――何かを守る？
――そんなふうに見える。
星野はディスプレイ上の地図を見ながら答える。

――ねえ星野さん。その二つの道場の近くに何か施設はない？　古代からあるような。
――神社があるな。
――神社……。
――ちょうど剣道場と空手道場の中間地点に神社がある。
――二つの道場は、まるでその神社を守ってるみたいに思えるわね。
――そうだな。
――なんていう神社？
――那芸(なぎ)神社だ。那智(なち)の那に芸術の芸だ。
――那芸神社……。その神社について調べてくれない？
貴子が公衆電話の硬貨投入口に硬貨を追加する気配がする。
(ん？)
星野は検索の手を止めた。
(これは……)
ディスプレイには次の文字列が浮かんでいる。

——那芸神社　神主　野澤慎二
〈祠剣会〉所属
星野はディスプレイを見つめると通話に戻った。
——大変なことが判ったよ。
——なに？
貴子はすぐに反応した。
——那芸神社の神主は〈祠剣会〉所属だ。
——なんですって。
——つまり〈祠剣会〉と那芸神社は繋がっている。
——那芸神社の起源は？
星野は更に検索をかける。

——不明だ。
——不明？
——文献で確認できる最も古い記録は奈良時代となっている。
星野は奈良時代から現在までの記述をザッと見ている。
——それ以前から存続しているって事ね。
——そうなるな。ん？
——どうしたの？
——妙な記録があるな。
——どんな記録？
——盗難騒ぎだ。
——盗難？
——神社から仏像が盗まれたが、すぐに戻ったと。
——仏像……。それいつのこと？
——二〇〇〇年。十八年前だ。
——それって般若恒成が亡くなった年じゃない？

――ああ。

――どういう事かしら？

――那芸神社から盗まれたのは仏像じゃないという事だろう。

――草薙剣？

――草薙剣は般若恒成によって盗まれた。だから〈祠剣会〉は必死になってその行方を追ってるんだ。

星野は煙草の煙を吐きだした。

＊

川端刑事と小倉刑事が数人の鑑識員と共に森田つぐみの自宅を捜査していた。

「川端さん。タブレットがあります」

小倉刑事が川端刑事に横二十センチ縦十五センチほどの機器を示す。

「何だそれは？」

「パソコンです」

「開けてみろ」

小倉刑事は言われるままタブレットを開いて起動させる。

「逃亡先のヒントになるような書きこみはないか？」

小倉刑事がキイボードを叩きながらデータを探る。

「逃亡先のヒントではありませんが気になる書きこみが」

「見せてみろ」

川端刑事がひったくるようにタブレットを受けとる。ディスプレイには次の文言が書きこまれていた。

——どうしてレイプされるんだろう？

川端刑事はディスプレイの文言に引きよせられる。

——わたしだったら徹底的に抵抗する。たとえ相手を殺してでも抵抗する。絶対に。レイプされるぐらいだったら相手を殺す。これは本気だ。

川端刑事は小倉刑事を見た。

「何だこりゃ？」

「日記、のようなものですかね」

「森田つぐみが自分の考えを綴ったのか？」

「でしょうね。おそらく何かを予感していたのか」

「しかし、これで森田つぐみの考えが判ったな」

「ええ。森田つぐみは襲われたら相手を殺す覚悟があったという事です」

「重要な証拠だ。小倉、よくやった」

小倉刑事の口元が微かに緩む。川端刑事はタブレットを鑑識員に渡した。

「そろそろ引きあげますか」

「そう急ぐな」

川端刑事は本棚に目を移した。

「最近の若い者の中には本棚を持ってない奴もいるらしいな」

「僕も持ってないですね」

「なに？」

川端刑事が小倉刑事を睨んだ。

「本は電子書籍で読んでますから」

川端刑事は溜息をついた。

「森田つぐみは古事記に関する本をよく読んでいたようだな」

本棚の本を手に取りながら言う。

「こっちはケース本か」

手にした本を本棚に戻して代わりにケース本に手をかける。

「ん？」

ケース本にかけた手を一瞬、止める。

「どうしました？」

「軽いな」

川端刑事はケース本を取りだした。中を見ると本ではなく包丁が入っていた。

「大変な物が出てきたぞ」

「ですね」

小倉刑事が唾を飲みこむ。

「これが凶器だ」

「ですが血がついてません」

「洗い流したんだろうが調べれば痕跡が出るかもしれん」

そう言いながら川端刑事は包丁を本のケースごと鑑識員に渡す。鑑識員はいったんテーブルに置いて写真に収めてからビニール袋に保管した。

「決まりですね」

「ああ。森田つぐみが藤本強を殺害した犯人だ。もう動かない」

川端刑事と小倉刑事は確認しあうと部屋を出た。

＊

犬飼（いぬかい）が助手席につぐみを乗せてレガシィを走らせていた。ナビには貴子に教えてもらった森田圭介（けいすけ）の住所をセットしてある。

「会えるでしょうか？　森田さんに」

「いなかったら待つしかない」

「待つって……。危険だわ。〈祠剣会〉が嗅（か）ぎつけてやってくるかもしれないもの」

つぐみも犬飼の言う〈祠剣会〉と〈グリーン協会〉に関する情報を受けいれていた。そのことで恐怖心がさらに高まっている。

「農業を営んでいるのなら自宅か畑にいる可能性は高い。〈祠剣会〉に嗅ぎつけられる前に会えると思う」

「用事で街に出ているかもしれないわ」

「そうしたら危険を承知で待つしかないんだ。なにしろ君と同じ森田という名字で般若恒成の同級生だ。君のことを知っている可能性が高い」

「そうね」

長時間、同じ場所に留まるのは心配だが受けいれるしかない。

「次のインターで高速を降りる」

犬飼が予告通りインターチェンジを降りて一般道に入った。しばらく走ると街並みが途絶え畑が増えてくる。つぐみはその景色をただ眺めている。

「この辺だ」

犬飼が速度を落とした。

「あの家だと思う」

平屋建ての小さな家だ。家の前に、やはり小さな庭があり軽トラックが停めてある。その軽トラックの隣に犬飼はレガシィを停めると庭に降りたった。つぐみも続く。表札に〝森田〟とある。

「ここだ」

犬飼がつぐみを見る。つぐみは頷いた。それを見て犬飼がブザーを押す。家の中で人が動く気配がする。

「いるみたいだ」

つぐみの顔は強ばっている。ほどなくして引き戸がガラガラと開いた。四十代と思しき男性が顔を見せる。背は犬飼よりも、ほんの少し低い程度だろうか。頬の辺りが多少、膨らみ気味ではあるが端整な顔立ちをした男性だ。髪の毛は天然らしきウェイブが軽くかかっている。

「森田さんですか？」

「そうですが……。あなたがたは？」

「犬飼と申します。雑誌の記者をしています」

「雑誌？」

「こちらは森田つぐみさんと言います」

「森田……つぐみ……」

男性の目が大きく見開かれた。

「実は、あなたにお訊きしたい事があります。お邪魔してよろしいでしょうか？」

森田圭介はしばらく考えていたが、やがて「どうぞ」と踵を返した。犬飼はつぐみに頷いてみせると靴を脱いで廊下に足を踏みいれた。つぐみも犬飼に倣って廊下にあがる。二人が森田圭介の後についてゆくと木目の大きなテーブルが置かれている和室に通された。

「お坐りください。今お茶を淹れます」

犬飼とつぐみが並んで坐っていると森田圭介が盆に三人分の茶を淹れて戻ってきた。

「実は、こちらの森田つぐみさんが〈祠剣会〉という組織から命を狙われています」

犬飼がズバリと切りだした。

「命を?」

「はい」

その時の様子と経緯を犬飼が掻い摘んで説明した。その説明を受けて、そうなるに至った原因があるかもしれない自分の生い立ちに関してつぐみが説明した。

「驚いたな」

森田圭介は後頭部に手をやった。

「本当のことです」

「信じましょう」

森田圭介の言葉につぐみは驚いた。

「信じていただけますか?」

犬飼が尋ねる。

「はい。もともと〈祠剣会〉は危険な組織だと聞かされていましたから」

「聞かされていた……。あなたが直接知っているわけではないのですか?」

「直接は知りません」

「誰に聞かされていたんですか?」

森田圭介は答えない。

「実は我々は、あなたが、この森田つぐみさんの父親ではないかと疑っています」

「そうなんですか？」

犬飼が詰めよる。

「私が？」

「違います」

「森田さん。本当のことを話してください」

「本当のことですよ」

「でも森田つぐみさんは自分の名前を〝森田〟だと名乗っています」

「一時期、私がつぐみさんを預かっていました」

「え？」

「それで、つぐみさんは自分の名字を〝森田〟だと認識していたんです」

「預かっていたというのは……」

「般若からですよ」

つぐみの肩がビクンと震える。森田圭介はつぐみをまっすぐに見つめて言った。

「つぐみさん。あなたの父親は般若恒成です」

つぐみの目が大きく見開かれる。

「やっぱり」

犬飼が呟いた。

「やっぱり?」

「最初は般若という学者が森田つぐみさんの父親ではないかと疑ったんです。ただ名字が森田なので」

「そうでしたか……」

「どうして父は」

つぐみが思わず割って入る。

「父は……般若恒成は、あたしをあなたに託したんですか?」

「自分の身に危険が迫っていることを察知したからです。自分にもしもの事があったら、つぐみさんは一人になってしまう」

「あたしの母親は?」

「すでに亡くなっていました。病死でした」

犬飼が心配そうにつぐみを見た。つぐみは僅(わず)かに眉根(まゆね)を寄せている。

「般若は、つぐみさんを人質に取られることも危惧(きぐ)したのかもしれない」

森田圭介が呟く。

「〈祠剣会〉は、どうしてそこまでして?」

「般若の研究が〈祠剣会〉にとって都合が悪いからだと聞きました」

「そうですか。森田つぐみさんが今〈祠剣会〉に狙われているのも同じ理由だと思います」

「つぐみさんも〈祠剣会〉の秘密を知っているんですか？」

森田圭介がつぐみを見る。

「知りません。心当たりもないんです」

「だけど〈祠剣会〉は知っていると思いこんでつぐみさんを狙っている。森田さん」

「はい」

「般若恒成さんは自分が知った〈祠剣会〉の秘密を娘のつぐみさんに託したのではないですか？」

「さあ」

「そう考えると〈祠剣会〉がつぐみさんを狙う理由が判るのです」

「般若からつぐみさんを預かったのは、つぐみさんが二歳か三歳の頃です。そんな幼い子に〈祠剣会〉の秘密は託せないでしょう」

「秘密を暴いた文書などの在処をつぐみさんの持ち物に隠したとか」

「持ち物ですか」

「何か覚えていませんか？」

森田圭介は考えるが静かに首を横に振った。

「この子の命が懸かっているんです」

「そう言われましても」

「だったら般若恒成さんが研究していた〝〈祠剣会〉にとって都合が悪いこと〟とは何ですか？」

「草薙剣です」

「草薙剣……」

「彼は本物の草薙剣を見つけたと言っていました」

「本物の……」

「嘘……」

つぐみは思わず呟く。

「本当だとしたら大変なことだけど……。般若恒成がそう言ったんですか？」

「言いました」

「信じられないわ」

「僕も信じられません」

つぐみは森田圭介の言葉を意外に思った。

「ただ般若は嘘をつくような男ではありませんでしたし学者として根拠のないことを人に話すような男でもありませんでした」

だとしたら父は本当に本物の草薙剣を見つけたのだろうか？　それが本当だからこそ

〈祠剣会〉はあたしを追っているのだとつぐみは思い至った。

「そして般若が本物の草薙剣を見つけたことは〈祠剣会〉にとって都合が悪いことなのだと」

「どうして都合が悪いんだろう？」

「〈祠剣会〉どころか日本を根底から揺るがす事態に発展するだろうとも言っていました」

「本物の草薙剣を見つければ大事件だけど〝日本を根底から揺るがす事態〟になるとも思えないけど……」

「どうして本物の草薙剣を見つけることが日本を根底から揺るがすことになるんですか？」

「判りません。般若は教えてくれませんでした。知ったら私にも危険が及ぶと考えていたようです」

「そこまで〈祠剣会〉が隠さなければならない草薙剣の秘密って……」

「判りませんね」

「とにかく般若さんは、つぐみさんをあなたに預けた」

「〈祠剣会〉に狙われる状況になったと悟ったんでしょう。それでお嬢さん……つぐみさんを私に預けた」

「あなたと般若さんは、それほど親しかったのですか？」

「プライベートでは、さほどつきあいはありませんでした。ただ学問上の話は熱心にしていたんです」

「学問上の話……。あなたはヒヒイロカネの研究をしているとお聞きしましたが」

「その通りです」

「それは草薙剣と関係があるのですか？」

「私はあると思っています」

「ヒヒイロカネというのは何なんですか？」

「太古の日本で様々な用途に使われていたとされる伝説の金属ですよ」

「伝説？」

「はい。ただ私はヒヒイロカネの正体は実在する特殊な鉱石、餅鉄のことだと思っています」

「ベイテツ……」

「餅の鉄と書きます。これは川に流されて摩耗して円礫状になった磁鉄鉱のことです」

「あ」

つぐみが声をあげる。

「どうした？」

「思いだした」

「何を？」

「幼い頃の父の記憶です。あたしがまだ小さい頃……二歳か三歳ぐらいのとき河原で父と遊んでいたら……」

　犬飼はつぐみの言葉を待つ。

「あたしが他の石より重い石を見つけたんです」

「餅鉄だ」

　森田圭介が口を挟んだ。

「般若さんから報告を受けたよ。〝鶫が餅鉄を見つけた〟ってね。餅鉄は他の石より重いんです」

「つぐみさんが思いだしたのは」

「その時の記憶でしょう」

「どこですか？」

「覚えてないわ」

「高取川だよ」

　つぐみの代わりに森田圭介が答えた。

「高取川？」

「奈良県の橿原神宮の脇を流れています」

「橿原神宮って……」

「神武(じんむ)天皇が即位した場所ですね」

つぐみが呟く。

「何だろう？　般若恒成がその場所にいたことは何か意味があるのだろうか？」

「判りません。般若はそのことに関しては何も言ってませんでした」

「その場所にヒヒイロカネがあったことに関しては？」

「そのことに関しても何も言ってませんでしたね」

「そうですか。ではもう一度確認しますけど森田さんは餅鉄が伝説のヒヒイロカネだと考えているんですね？」

「そうです。ヒヒイロカネは金剛石よりも固く永遠に錆(さ)びないとも言われていますが、それは、あくまで伝説です。餅鉄は古代の製鉄では砂鉄と並んで実際に使われていました。餅鉄で作った日本刀もあるんです」

「ではヒヒイロカネが草薙剣と関係があるというのは、草薙剣が餅鉄で造られていたと？」

「私はそう考えています。もともと竹内文書(たけうちもんじょ)という古代史書によれば三種の神器はヒヒイロカネで造られていたとされています」

「竹内文書……。偽書だと聞いたことがありますが」

「竹内文書が偽書だとしても三種の神器が餅鉄で造られていた可能性はあると思います。いや他の石よりも重い餅鉄を使った可能性は高いと見ています」

「なるほど」

「西洋の伝説にもオリハルコンという架空の金属があります」

「アトランティスで使われていたとされる金属ですね？」

「よくご存じだ」

「そっち系の記事も扱った事がありますので」

「そうでしたか。私はオリハルコンも餅鉄の一種ではないかと疑っているんです」

「オリハルコンが……」

「架空の金属ですが何か元になった金属はあるはずですから。だから日本で草薙剣がヒヒイロカネ……餅鉄から造られたように西洋の聖剣であるエクスカリバーもオリハルコン……すなわち餅鉄で造られている可能性も考えています」

「エクスカリバー……。アーサー王の聖剣ですね」

「その通りです」

　魔法の力が宿るとされブリテン島の正当な統治者の象徴、あるいはアーサー王の血筋を証明する石に刺さった剣であるとも言われる。

「ただアーサー王は伝説上の人物ですよね」

　アーサー王は六世紀初めにブリトン人を率いてサクソン人の侵攻を撃退した人物とされるがアーサー王物語は民間伝承に過ぎず、その主人公は実在しない人物と見なされている。

「そうなんです。ただ伝説には必ず元になった事実があるはずです」

「元になった事実……」

「私はアーサー王伝説というのはアレキサンダー大王の存在が反映されたものだと思っているんです」

「アレキサンダー大王が？」

「はい」

森田圭介は嬉しそうに笑みを浮かべた。

「アレキサンダー大王は実在していましたからね」

「かなり古い時代の人物ですよね？」

「紀元前三五六年に生まれて三二三年に亡くなったとされています」

「三三歳の生涯か」

「もっとも遥か昔のことですから正確なことは何も判りません」

「でしょうね」

「それだけにアレキサンダー大王も様々な伝説を生んでいます。それが時を経てアーサー王に昇華したんじゃないかと思っているんです」

「時代はどのくらい離れているんですか？　アレキサンダー大王とアーサー王は」

つぐみが訊いた。

「八百年ほどです」

「そんなに……」

「日本だって神武天皇と崇神(すじん)天皇の間にはそれぐらいの隔たりはありますよ」

「ですね」

「神武天皇にはモデル論がありますよね」

「モデル論？」

「つまり神武天皇は架空の人物で誰か実在の人物をモデルにして造られた像だと」

「具体的に言えば崇神天皇をモデルにして創造されたということか」

「はい。日本の歴代天皇は初代の神武天皇から第九代の開化(かいか)天皇までが伝説で崇神天皇から実在するという説が定説になっています。西洋では逆にアレキサンダー大王が実在してその存在を反映した伝説がアーサー王だと私は思っています」

「アーサー王はアレキサンダー大王がモデルになっている……。根拠はあるんですか？」

「どちらもヨーロッパに大帝国を築きあげています」

「なるほど。アレキサンダー大王のその事跡がアーサー王伝説になったと」

「はい。だから名前も踏襲しているんじゃないですか？」

「名前？」

「アレキサンダー大王とアーサー王。アレキサンダーが長い時を経てアーサーに変化するのは不自然なことじゃないと思いますが」

「言われてみれば……」

「英語で書けばAlexanderとArthurです。ごく自然に変化したように私には思えます」

「凄いです」

つぐみが思わず言葉を発していた。

「父は……般若恒成は森田さんのそういう発想に敬意を抱いていたのかもしれませんね。だからこそあたしを託した」

「買い被りでなければ嬉しいですが」

森田圭介がしんみりとした口調で言った。

「般若さんは森田さんを信頼していたんですよ。それは間違いないでしょう。森田さんの専門であるヒヒイロカネの研究にしても、その発想や研究態度を評価していたはずです。森田さんは草薙剣とエクスカリバーという東西の聖剣が共に餅鉄で造られているとお考えなんですよね？」

「はい」

「おもしろい偶然ですね」

「もしかしたら……」

つぐみが人差し指を立てて頰の辺りに当てた。何かを考えている様子だ。

「橿原辺りで採掘されたヒヒイロカネで草薙剣が作られたんじゃないかしら？」

「ええ？」

「だって橿原は神武天皇が即位した場所でしょう？」

「なるほど。神武天皇が王であることを証明する草薙剣が、その場所で造られるのは自然なことだ」

「それはないな」

犬飼の言葉を森田圭介がすぐに否定した。

「天孫降臨を知っていますか？」

「もちろん知っています。記紀神話によれば邇邇芸命が高天原すなわち天から九州日向の国すなわち宮崎県高千穂に降りたったことですよね？」

「その通りです。神武天皇の先祖である邇邇芸命が三種の神器と共に天降った。それが天孫降臨の伝説です。ただ伝説には必ず元になった事実があるものです。たとえば天照大神が岩戸に隠れた伝説は当時の日食が元になっているなどとね」

「天孫降臨の場合の元になった事実とは何ですか？」

「大陸から支配者が九州の地に渡ってきたことです」

「支配者……神武天皇ですね？」

「その通りです。神武天皇は日向から東進を開始しましたから天孫降臨伝説の元になった人物と見て間違いないでしょう」

「ただ神武天皇は九州に降りたったときにはすでに草薙剣を携えていたよ。草薙剣を奈良の橿原で造ったわけじゃない」

「そうでした」

つぐみも納得した。

「でも……。だったら父はどうして橿原に行ったのかしら？　最初からヒヒイロカネがそこにあることを知っていたかのように」

「家族旅行のつもりだったんじゃないかな」

森田圭介が言う。

「家族旅行か……。ドライブのつもりだったのかもしれませんね」

「般若は免許を持ってませんでした。研究一筋の男でしたからね。他のことには興味がないんです」

「そうでしたか。だったら電車で」

「でしょうね」

「そこで、たまたま君がヒヒイロカネを見つけた」

「そうかもしれませんね」

喉の渇きを感じてつぐみは湯飲みに手を伸ばした。

「森田さんはどうして研究をやめて農業に？」

　犬飼が訊く。

「やめたわけではありません。ずっと研究生活を続けていますよ。ただ大学には疲れましたので大学を辞めて自活を始めたわけです。知りあいに、この土地を紹介されて……。もともと庭いじりや家庭菜園は嫌いではなかったので思いきって農業の世界に飛びこみました」

「つぐみさんが養護施設に引き取られた経緯を話していただけませんか？」

　犬飼が切りだすと森田圭介は顔を顰めた。

「お願いします」

　つぐみが頭を下げた。

「つぐみちゃん……。大きくなったな」

　森田圭介は感慨深げに呟いた。

「すまなかった」

　圭介は突然頭を下げた。土下座のように頭を畳に押しつける。その様子を目を見開いてつぐみが見つめる。

「君を見捨ててしまった」

　圭介はまだ頭を上げない。

「それは父の勝手な言い分です。いきなりあたしを託された森田さんは、さぞ迷惑だったでしょう」

「君のお父さんから〝娘を頼む〟と託されたのに」

圭介は頭をあげた。

「それでも、しばらくは一緒にいた」

「どれくらいですか？」

「一ヶ月ぐらいかな。それが限界だった。独身の私には子供を育てるなんて無理だと思い知った。また育てる義務もないと思った」

「当然だと思います」

「だから君を養護施設の前に置き去りにしてしまったんだ」

「置き去り……」

つぐみが絶句した。

「すまない。だけど正式な手続きを踏めば、そこから〈祠剣会〉に嗅ぎつけられるかもしれないと思ったんだ」

「そうかもしれないな」

犬飼が言った。

「養護施設の園長先生が置き去りにした君を見つけたんだ。そして園で育てた。幼かった君は名前を聞かれて直前まで一緒にいた森田さんの名字を名乗った。もしかしたら般若さんから〝今日からお前の名字は森田だ〟と言われていたのかもしれない」

「事情は判りました」

つぐみが言葉を取り戻す。

「森田さんには感謝いたします」

「俺からも」

犬飼が口を挟んだ。

「般若恒成さんが、つぐみさんの父親であることを教えてもらいましたし般若さんが何を研究していたかも判りました」

「〈祠剣会〉が保有していた草薙剣が本物であることですね」

つぐみの言葉に犬飼は頷く。

「問題は草薙剣が本物であったら、どうして〈祠剣会〉にとって都合が悪いのかだ」

「皇室にも言わずに隠していたからじゃないですか？」

「なぜ隠していたのかが問題なんだ」

「なるほど。隠さなければいけない理由があったという事ですか」

「その通りです。〈祠剣会〉は今までは本物を保管していたのに隠していた。それを般若恒成が暴こうとしたら殺された。その理由が判らない」

「森田さんは何か父から聞いていませんか？」

「具体的な話は何も」

マスターから借りたスマホが鳴った。犬飼は素早く応答ボタンを押して耳に当てる。

――わたしよ。

――千葉さんか。

――無事？

――まだ無事だ。

――よかった。報告があるの。星野さんが調べてくれた事よ。

――星野さんが……。

――判明した事実だけ言うわ。

――判った。教えてくれ。

――京都に那芸神社という古い神社があるんだけど、この神社は〈祠剣会〉と繋がりがある神社なの。那芸神社の南北には那芸神社を守るように〈祠剣会〉の剣道場と空手道場まであるわ。

――道場が……。

――その神社で十八年前、仏像の盗難騒ぎがあったのよ。

――仏像の盗難？

――ええ。仏像はすぐに見つかったそうだけど……。この年は般若恒成が事故死した年よ。

重要なことのように思える。

――判った事はそれだけよ。

――ありがとう。なんだか俺も判った気がするよ。

――そう？　よかった。

貴子は通話を切った。

「今のかたは？」

圭介が犬飼に尋ねる。

「今回のことに巻きこまれたジャーナリストです。般若恒成さんのことを調べていました」

「そうでしたか」

「那芸神社の仏像が盗まれたって言ってましたよね？」

つぐみが口を挟む。

「ああ。何か思いつくか？」

「盗まれたのは仏像じゃなくて草薙剣じゃないかしら」

「そう思うか？」

「判らないけど……父が盗んだような気がする」

犬飼は大きく頷いた。

「俺もそう思う。それで〈祠剣会〉は躍起になって本物の草薙剣を探している」

「盗まれた仏像はすぐに戻ったと言ってましたよね」

圭介が口を挟んだ。

「それは真実を隠すための虚偽だと思う」

「では本物の草薙剣は般若が盗んだまま、まだ〈祠剣会〉は取り戻していないという事ですか」

「そう考えれば〈祠剣会〉が今でも必死になって般若恒成の娘を追い回している理由が判ります」

「なるほど」

「歴史は繰り返す。草薙剣は西暦六六八年と平家（へいけ）が滅亡した一一八五年の二度ほど持ちだされているけど十八年前にも盗まれていたんだ」

「〈祠剣会〉は今も父が盗んだ草薙剣を探し続けているのね？」

「そのために君を追っている」

「どうしたらいいの？」

「俺たちが先に探しだすしかない」

「本物の草薙剣を？」

「そうだ」

「そんな事ができるのか？」

　森田圭介が訊いた。

「こっちには切り札がある」

「切り札？」

「般若恒成の娘だ」

「でも……あたしは何も知らないのよ」

「〈祠剣会〉が必死になって君を追っている。何かあるはずだ」

「そんなことを言われても」

「般若恒成の実家に行ってみよう」

「え？」

「般若恒成の、ご両親がいるかもしれない」

「ご両親は二人とも亡くなっているよ」

　圭介が言う。

「そうですか」

「父親は病死で母親は自殺だと聞いたことがある」

「ご両親がいなくても親類縁者、あるいは般若恒成さんのことを知る人がいると思う。お父さんの実家は……」

「知らないわ」

「島根県だ」

　圭介が答える。

「島根県……」

「そこに影響を受けた人物がいるって聞いたな」

「誰ですか？　どんな影響を受けたんですか？」

「ちょっと待ってください。一つずつ訊いてください」

「あ、すみません。つい」

「いいんです。まず名前ですが井上という男だったと思います」

「井上……。下の名前は？」

「忘れました」

「そうですか。で、影響というのは、どんな？」

「学問上の影響です」

「般若恒成は草薙剣の秘密を解き明かしたと公表した人物です。それほどの人物が影響を受けたとなると、その井上という人物もかなりの人物なんでしょうね」

「高校の同級生だと聞きました」

「高校……」

「たしかに優秀な男で成績も般若といつも学年一位二位を争っていたと」

「現在、その井上という人物が何をしているかはご存じですか？」

「知りません」

「では学問上の影響とは、やはり古事記か草薙剣についての研究からの影響でしょうね」

「いや。井上という男はギリシャ彫刻の研究をしていたそうです」

「ギリシャ彫刻？」

犬飼にとっては意外な言葉だった。

「その井上という人は高校時代にギリシャ彫刻の研究をしていたんですか？」

「そう聞きました。そのことに影響を受けたと」

「妙ですね。古事記の研究をしていた般若氏がギリシャ彫刻の研究から影響を受けたとは」

「別に珍しくはありませんよ。自分の研究対象と違っても学問に対する姿勢に影響を受けることは良くあります」

「なるほど」

「父の」

つぐみが口を挟む。

「般若恒成の実家はどこなんですか？」

「石見(いわみ)銀山の近くだと言っていました」

「石見銀山ですか。つぐみさん、心当たりは？」

「初めて聞きました」

「私が知っている事はそれぐらいですね」

「そうですか」

「お役に立ちましたか？」

圭介が心配そうに訊いた。

「もちろんです。貴重な情報をたくさんいただきました。ご迷惑だったでしょうが、お訪ねして良かった」

犬飼はつぐみに視線を移す。

「出発しよう」

「石見銀山だけで判るんですか？」

「大丈夫です。般若というのは珍しい名字ですから調べれば判ると思います」

犬飼が腰を浮かす。

「ちょっと待て」

圭介が犬飼を手で制した。犬飼が緊張した目で圭介を見る。

「車が来る」

「え？」

「変だな。ここに車が来ることは滅多にないんだ」

「何も聞こえませんが」

「私には判る。普段は車の音などしないから敏感になる。君たちが来ることだって、かなり遠くから判っていた」

「きっと追っ手だわ」

つぐみの言葉に犬飼は頷いた。

「まずいな。すぐ出よう」

「間に合わないぞ」

犬飼にも聞こえるほど車の音が大きくなった。

「君たちの車を使えばすぐに見つかる」

「しかし、ここにいるわけにもいかない」

「裏の林を抜けたところの駐車場に私の車がある」

「庭の軽トラ以外に？」

「もう一台あるんだ。それを使ってください」

圭介が犬飼にキイを渡す。

「白いカローラです」

「それだと、あなたに迷惑がかかる」

「つぐみちゃんを置き去りにしたせめてもの罪滅ぼしです」

「しかし」

「考えている暇はないでしょう」

「そうだな。行こう、つぐみさん」

つぐみは頷くと立ちあがった。

「では申し訳ありませんが車をお借りします」

「お客さんには何とか言い繕って（つくろ）おく。君たちにも自分にも迷惑がかからないように」

犬飼は頭を下げると家を出ていった。

＊

小倉刑事は、うんざりした感情を顔に出さないように気をつけながら大学生の話を聞いていた。応接室で小倉刑事の前に坐るのは鯉沼駿平と阿知波理緒の二人である。二人には死体の第一発見者であることと、被疑者である森田つぐみの友人であるという事から一度、事情聴取をしているが今日は二人の方から面会にやってきたのだ。

「犯人は森田さんじゃないという事をもう一度言いたくて」

鯉沼駿平が力説している。

「根拠は？」

「森田さんは殺人なんか、できる人じゃないんです」

鯉沼の言葉に阿知波理緒も力強く頷くが小倉刑事は穏和な表情を崩さないだけで精一杯だった。

（聞くだけ時間の無駄だ）

捜査時間をなるべく削られたくない。いかに早く帰ってもらえるか……。

「警察は、あらゆる捜査をした上で森田さんの逮捕状を取って指名手配しています」

「だから、その判断が間違っているんです」

「困りましたね。この判断は覆りません」

「調べ直してください」

「これ以上、調べ直す余地はありませんよ」

ドアが開いて川端刑事が顔を出す。

「どうした？」

「彼らが森田つぐみは犯人ではないと」

「あんたたちか」

川端刑事も二人の事情聴取を行っている。

「森田さんは優しい子です」

鯉沼が川端刑事に訴える。

「ところが」

川端刑事が小倉刑事の隣に坐る。

「森田つぐみは自分のパソコンには暗い一面を書きのこしていましてね」

「え？」

「メモ書きですよ」

川端刑事が小倉刑事に顎で合図を送ると小倉刑事がテーブルの下に置いた鞄から自身のタブレットを取りだした。

「彼女は自分のタブレットにこんなメモを書きのこしていたんです」

小倉刑事はタブレットを開いて該当箇所を三人に見せる。

――わたしだったら徹底的に抵抗する。たとえ相手を殺してでも抵抗する。絶対に。レイプされるぐらいだったら相手を殺す。これは本気だ。

二人が文章を読んだと見てとった小倉刑事がタブレットを閉じた。

「人は見かけによらぬもんだな」

川端刑事が諭すように言う。

「どんなに優しそうな子でも心に闇を抱えているってのは良くある事なんでね」

「これ、つぐみが書いたんじゃありません」

理緒が言った。

「え？」

「つぐみは自分のことを〝あたし〟って呼んでました。でもこの文章は〝わたし〟になってます」

小倉刑事は慌ててタブレットを開いて該当箇所を呼びだした。それを川端刑事も確認する。

「口に出す言葉と文章に書く言葉は違うでしょう」

「書くときも〝あたし〟でした」

理緒が自分のスマホを出してディスプレイを二人の刑事に見せる。

「つぐみから来たラインです」

ディスプレイを見ると、たしかに森田つぐみは自分のことを〝あたし〟と書いている。

「これで判りますよね？」

「残念ながら」

川端刑事は勢いこんで身を乗りだしてくる理緒に対して、やや威圧的な声で応じる。

「それは些細な問題です」

「そんな……」

「〝あたし〟だろうが〝わたし〟だろうが、どっちでもいい。どうだ？」

川端刑事の問いかけに小倉刑事は「そうですね」と応えた。

「意識した事はないけど僕も一人称は時と場合によって違ってくると思います」

「そういう事だ」

「でも」

「時間です。我々はこれから用事がありますので、お引き取りください」

川端刑事が立ちあがると続いて小倉刑事も立ちあがる。仕方なく鯉沼と阿知波理緒も立ちあがった。

「これだけは言わせてください」

ドアに手をかけた理緒が振りむいた。

「つぐみは理路整然とした考えの持ち主なんです。人を殺すなんて理に合わない事をするなんておかしいんです」

「僕からも」

鯉沼が理緒の言葉を引き継ぐ。

「僕は何があっても森田さんを守ります」

川端刑事が鯉沼をジッと見つめる。

「何か？」

「まったく、お前たちと来た日にゃ」

川端刑事が吐きすてるように言う。

「関東放送の千葉っていうレポーターと同じだな」

「千葉？」

「〈祠剣会〉が森田つぐみの命を狙っているなどという戯言（たわごと）を言っていたっけ」

「え？」

「川端さん。それは内部情報では……」

「出てけ」

鯉沼と阿知波理緒は川端刑事に頭を下げると部屋を出ていった。

*

森田圭介の庭に一台の車が停まると、ほどなく家のブザーが鳴った。圭介が玄関を開けると一人の若い女性が立っている。輪島アリスである。

「どなたですか？」

「八王子署の鈴木といいます」

輪島アリスは警察バッジを見せた。偽造品である。

「指名手配犯を追っていますが、その男女二人組が乗っていたと思われる車がお宅の庭に停まっています」

「もう来てくれたんですか」

「え？」

「男女二人が〝車がエンストしたから修理したい〟と突然、訪ねてきたんです。ただ様子が普通じゃない気がして念のために警察に電話をしたんですよ。ちょっと前にかけたばかりなのに、もう来ていただいたとは驚きました」

輪島アリスはジッと森田圭介を見つめる。

「その男女は、どうしましたか？」

「自動車修理工場の場所を教えました」

「どこですか？」

「ここから三十分ほど歩いたところです」

「住所は？」

「ちょっと待ってください」

圭介は玄関脇にかけてある郵便局からもらった簡易アドレス帳を手に取った。

「これです」

圭介は自動車修理工場の欄を示した。輪島アリスはその文字列をジッと見る。

「ご協力感謝します」

そう言うとアリスは踵を返した。圭介はホッと溜息をついた。

＊

助手席に坐るつぐみがスマホを操作している。

――森田つぐみです。

――初めまして。

電話の相手は千葉貴子である。

――犬飼さんからスマホをお借りして電話しています。いま犬飼さんの運転で島根に向かっています。

――島根？

――父の実家が島根にあるんです。でも正確な住所が判りません。父の……般若恒成の実家の住所を調べてもらえませんか？

――やっぱり般若がお父さんだったのね。

――はい。

――調べるわ。

――それと井上という人物も調べてもらいたいんです。

――井上？

――父が学問上の影響を受けた人物らしいんです。同郷でギリシャ彫刻の研究をしていたようです。

――調べてみる。判ったら電話するわ。

貴子は通話を切った。

「実家が島根ということは判っているから先に出雲空港まで行ってよう」

「空港？」

「それが一番早い。羽田から出雲だ」

つぐみはスマホをバッグにしまう。

「あの」

「なに？」

「ありがとうございます」

「何が？」

「助けていただいて。お礼を言ってなかったから」

「ああ」

犬飼の頬が少し緩んだ。

「犬飼さんにも千葉さんにも、それに森田圭介さんやあたしの友だちたちにもみんなに迷惑をかけて」

「気にしなくていい」

「そんな……。みんなには何の関係もないのに」

「関係はあるだろ。元はといえば俺が〈祠剣会〉を調べ始めたときに俺の運命は動き始めていたんだ」

「犬飼さんの運命……」

「そうだよ。千葉さんだって草薙剣を調べ始めたときに彼女の運命が動き始めたんだ。むしろ君は巻きこまれたに過ぎないとも言える。俺や千葉さんが君に謝らなければならないくらいだ」

「そんな……」

「みんな自分自身の戦いを必死に戦っているだけなんだ」

「自分自身の戦い……」

「ナビに羽田空港と入力してくれ」

「わかりました」

つぐみはタッチパネルに〝羽田空港〟の文字を打ちこんだ。

*

罍征治朗と十菱仙蔵は伊豆にある帝松翠嵐の別荘に呼ばれていた。一枚板の大きなテーブルに罍と十菱は並んで坐っている。帝松は、まだ現れていない。

「先日のお話ですが」

いつもは胴間声を張りあげる十菱が小声で言う。

「本当なのですか？」

罍は十菱を一瞥（いちべつ）するが何も答えない。

「その……本物の草薙剣を〈祠剣会〉が保管しているというのは」

「草薙剣は今〈祠剣会〉の手元にはありません」

「え？」

罍の言葉は十菱の意表を突いた。

「では草薙剣の剣は今どこにあるのですか？」

「判りません」

「判らない？」

「般若が盗みだしたのです」

「般若が……」

「はい。二十年ほど前、あろうことか般若は那芸神社から本物の草薙剣を盗みだしたのです。未（いま）だに本物の草薙剣がどこにあるのか行方が判りません」

「そんな事が……」

あるのだろうか、という言葉が出てこない。

「般若は本物の草薙剣の在処を明かさずに死んだのですか？」

「はい。聞きだしている最中に手違いで死んでしまったのです」

「手違いで……」

「事故でした」

拷問の最中に般若が耐えきれずに死んでしまったのではないか？　十菱はそう当たりをつけた。自分にも経験があった。

「では草薙剣の在処は判らずじまい……」

「ところが本物の草薙剣の在処は般若の娘に託されていたのです」

「娘に……」

「それが般若鶫。あなたたちが見つけだした森田つぐみです」

「そうだったのですか」

自分のやっている事がようやく理解できた。

「森田つぐみが草薙剣の在処を知っているのですね？」

「草薙剣の在処を示すものを般若から託されているはずです。森田つぐみ本人がそれと承知していなくても」

「本人が承知していない？」

「森田つぐみが幼い頃に般若は死んでいるのです」

「なるほど。しかし、それでは般若が娘に在処を託したというのは確かなのですか？」

「確かです。般若自身が〝娘に託した〟と言っているところを私自身が聞いたのですから」

「轟会長自身が……」

　ならば間違いはない。だが……。

（轟会長は、どうやって般若恒成からそのことを聞いたのだろう？　拷問か？）

〈虎泉組〉の組員である十菱は、まずその方法が頭に浮かんだ。

（それとも盗聴か……。聞かぬが花か）

　もう一つ疑問があった。

「森田つぐみを削除したら草薙剣の在処は判らなくなるのでは？」

「削除しなければならない状況になったのです」

　拉致して聞きだす計画に犬飼という思わぬ邪魔が入った。それは理解している。

「それに……。草薙剣の在処を探りだす手筈(てはず)は整っています」

「そうなのですか？」

「警察が森田つぐみを逮捕する前にこちらが捕獲する可能性の方が高いのですから」

「こちらが確保する前に警察に逮捕された場合は？」

「その場合も心配はありません。あなたたちが、すでに警察の捜査が入る前に森田つぐみの自宅からめぼしい資料を回収してくれたじゃないですか。後は、その分析をゆっくりとすればよいのです」

「そうでした」

帝松が秘書の若い女性と共に現れた。女性はワインを注ぐと部屋を出た。

「ロマネコンティだ」

帝松が笑みを浮かべて告げる。

「いただきます」

轟は一礼してグラスに口をつけると動きを止めた。

「どうだ?」

「初めてです。これほどまでに……奥深さの中に華やかさが感じられるワインは」

「そうだろう」

帝松翠嵐は笑みを浮かべた。目尻に皺が寄る。

「昨日、フランスから航空便で届いたばかりだ」

轟は二口目を口にする。

「十菱君も飲みたまえ」

「恐縮です」

十菱もワインを味わった。

「大願を成就するときが来たようだ」

十菱がグラスを置く前に帝松は話しだした。

「はい」

罍が応(こた)える。

「儂(わし)も、もう歳(とし)だ。悠長なことは言っていられない。生きているうちに事が成されるところを見たいのだ」

「心得ております。そのための最大の機会が今なのだと思っています」

「機は熟した」

「はい。その機を逃さずに一気に攻勢をかけるつもりです」

「それができる位置にまで、お前たちは登りつめた」

「帝松先生のお陰です」

罍は頭を下げる。

「日本を動かしている帝松先生のお力があってこそです」

「日本を動かしているのは君じゃないのかね？　罍君」

「私が？」

「さよう」

「お戯れを」

「そうかな。政権与党である〈華席院〉は君の示した政策を忠実に実行して第一党になろうとしている。儂とても君が示した策を実行するために各方面に働きかけておる」

「それは、たまたま先生の理想と私の理想が一致したまでのこと」

「まあ良い。いずれにしろその理想が実現しようとしている」

「はい」

「ただ一点、癌が発見された。森田つぐみという癌がな」

「すでに切除手術に取りかかっています」

「切除せずに解決する方法はないのかね?」

「癌の進行が早く切除するしかない状態です。帝松先生からも周囲の理解を得るように働きかけていただけるとありがたいのですが」

帝松が無言で頷いたとき十菱の胸ポケットにしまわれているスマホから微かにバイブ音が鳴る。

「〈グリーン協会〉から連絡のようです。出てよろしいですか?」

「かまわぬ」

十菱はスマホを取りだして耳に当てた。

――花川です。

――どうした？

――森田つぐみは犬飼というジャーナリストと共に般若の実家に向かっているようです。

――島根か。

――はい。

――手配は？

――すでに輪島と対比地が向かっています。

――切除できたらまた連絡しろ。

――判りました。


十菱はスマホをしまった。

「切除手術の準備が整ったようです」

帝松が手を叩いた。秘書の女性が再び顔を出す。

「例のチーズを持ってきてくれ」

女性は一礼して下がる。

「スイスから取りよせた山羊のチーズがあってね」

「興味深いですね」

罍がグラスのワインを飲みほすと帝松が注ぎ足そうとワインボトルに手を伸ばした。

＊

つぐみと犬飼が羽田空港に着いた頃に犬飼が持つスマホに千葉貴子からメールが入った。

その内容を犬飼がつぐみに話す。

「般若恒成の実家の住所が判った。それと井上という人物についても判った。フルネームは井上照志。出雲大学の教授になってる」

「教授……」

「その人に会ってみよう。般若恒成の実家には、もう誰も住んでいないから」

「判ったわ。でも会ってくれるかしら?」

「アポを取ってみよう。君は出雲空港までの二人分のチケットを手配してくれ」

つぐみは頷くと受付カウンターに向かった。

――もしもし。出雲大学ですか?

受付カウンターに向かうつぐみの背後で犬飼が電話をする声が聞こえてくる。受付カウンターでは偽名を申告して二人分の航空券を購入した。犬飼の元に戻ると「連絡がつかなかった」と告げられた。

「出雲大学に連絡したんだけど〝井上教授の行先はプライベートな情報だから教えることはできない〟と」

「当然ですね」

「直接行ってみよう」

二人は搭乗手続きを済ませて出雲空港行きの飛行機に乗りこんだ。

「直接行くって、井上教授の家に？」

「調べた限りでは今日は井上教授の授業はない。井上教授が出席しそうな学会の会議もないようだ。家に行ってみよう。運が良ければそこで会える」

「家は空港から近いの？」

「車で一時間もかからないだろう」

「車は？」

「レンタカーを借りる」

「察知されない？」

「レンタカーショップでは免許証を見せるけどコピーを取られるだけだろう。ネットを通じて知られることはないと思う。少なくとも短時間では」

機内で打合せをしている内に飛行機はあっという間に出雲空港に着いた。二人は空港近くのレンタカーショップでスイフトを借りるとナビゲイターに千葉貴子から教えてもらった住所をセットして走りだした。

空港近くは畑が広がっているが小一時間も走ると町中に入り、やがてナビの音声案内が〝目的地です〟と告げる。

「あの建物のようだ」

犬飼が目で示したのは白い五階建ての集合住宅だ。小さなマンションといった趣だ。犬飼は建物の前の道路に車を停めた。

「部屋は五〇三号室だ」

二人は車を降りるとマンションのエレベーターに乗って五階に着いた。五〇三号室の前に立つと犬飼がつぐみを見た。つぐみが頷くと犬飼はブザーを押した。部屋の中から人が玄関に近づく気配がする。つぐみは唾を飲みこんだ。足音が玄関辺りで止まり間が空くが、じきにドアが開いた。中から五十歳前後と思しき痩せた男性が顔を見せる。顔の輪郭は四角張って目が小さいが目鼻立ちの均整が取れている。

「どちら様ですか？」

「犬飼と申します」

犬飼はサッと名刺を渡した。

「雑誌の記者、さんですか」

「はい」

「雑誌の記者さんが、どういうご用件で？　私の研究は地味なものでしてね。とても一般誌が扱うようなものじゃないんですが」

「実はプライベートな用件でお伺いしました」

「プライベート？」

「はい。般若恒成さんについて知りたいんです」

「般若……」

「覚えていらっしゃいますか？」

「もちろん覚えています。高校の同級生でした。いや大学も一緒です」

「こちらは般若さんのお嬢さんです」

「般若君の……」

井上照志は、しげしげとつぐみを見る。

「お話を聞かせていただいてよろしいでしょうか？」

「判りました。おあがりください」

井上照志は申し出を快諾した。つぐみと犬飼は井上教授に案内されるまま部屋にあがりリビングに通された。

「しかし般若さんのお嬢さんが訪ねてこられるとは意外でした」

「詳細は申しあげられませんが切羽詰まった事情がありまして。失礼で、ご迷惑とは重々、承知の上で突然、押しかけてしまいました」

「かまいませんよ。どうせ今日は予定はありませんでした。独り身ですし気楽なものです」

「そう言っていただけると、ありがたいです」

「詳細は申しあげられないということは訊かない方がいいんでしょうね」

「すみません」

つぐみと犬飼は頭を下げた。

「いいんです。それぞれ事情がおありでしょうから」

井上は笑みを浮かべている。

「早速なんですが般若さんは、あなたに学問上の影響を受けたと伺い(うかが)ました」

「般若が僕に影響を受けた？」

「はい」

「それは、お互い様でしょうね。僕も、あいつから影響を受けていますから」

「どんなところですか？」

「イスラエルの失われた十支族の話を聞かされたことです」

「イスラエルの……」

「失われた十支族」

　井上教授の笑みが深くなる。

「何ですか？　それは」

「旧約聖書に記されたイスラエルの十二部族のうち行方が知られていない部族が十あるんです」

「それが失われた十支族ですか」

「はい。般若はそのうちの一部が日本にやってきたんじゃないかと言っていました」

「日本に……」

「そういう説があると般若に教えてもらったんです。大陸からの帰化氏族である秦氏がそれに当たるとかアイヌ民族がその末裔だとか」

「学問的に証明された説ではありませんよね？」

「もちろん違います」

「般若さんはその説を信じていたんですか？」

「信じていたというより興味を持っていたという方が適切でしょうね」

「興味を……」

「西洋から東洋に流れ着いた民族がいた。そういうところに興味を持っていました」

「そうですか」

「般若が言うと本当に思えてくるんです。頭のいい男でしたからね。あいつが言うのなら本当だろうと思えるんでしょうね」

「判ります」

「神武天皇の秘密を解き明かしたと聞いたときも〝般若が言うのなら本当だろう〟と思ったものです」

「え」

つぐみが思わず声をあげる。

「父が……般若恒成が〝神武天皇の秘密を解き明かした〟って言ったんですか?」

「はい」

「高校生のときですか?」

「いえ。大学のときです」

「その秘密というのは?」

「神武天皇はいなかった。そう言ってました」

「神武天皇はいなかった……。どういう意味ですか?」

「忘れてしまいました」

「忘れた?」

「すみません。酒の席で聞かされたんです。かなり酔っていたと思います。それで記憶がないんです」

つぐみは呆然(ぼうぜん)とした。

「僕も元々は日本の古文書の勉強をしていたんですが酒の席だったので……。いま思えば悪かったですが。先ほどのイスラエルの十支族の話もその後は出なかったので興味をなくしたのかと思っていました」

「そうですか」

「すみません、お役に立てなくて」

「いえ」

「ただ般若が〝お前のお陰だ〟と言ったのだけは覚えています」

「お前のお陰……。つまり般若さんが神武天皇の秘密を解き明かしたのは井上さんのお陰だと」

「あいつは、そう言ってました」

「どういう意味ですか？」

「私の研究がヒントになったと」

「どの辺りが？」

「それも覚えてないんです」

犬飼が肩を落とす。

「井上先生の研究はギリシャ彫刻だとお聞きしました」

つぐみが言葉を繋いだ。

「そうなんです」

井上は嬉しそうに笑みを浮かべる。

「その研究の話を父に……般若に、よくしていたんですか？」

「しましたね」

「井上先生の研究の要点はどういう事になりますか？」

つぐみは追及する。

「簡単に言えばギリシャ彫刻が仏像に影響を及ぼしているという事です」

「仏像に？」

「般若が言っていたイスラエルの十支族の話に影響されたんですよ。つまり西洋のものが東洋に流れ着くという話です」

「なるほど」

「その話に触発された私は、やがてギリシャ彫刻と仏像の関係に着目するようになりました。その私の研究に般若が影響されたのだとすれば、お互いに影響を与えあっていた事になりますね」

犬飼が頷く。

「ギリシャ彫刻が仏像に影響を与えていたというのは意外ですね」

つぐみが言った。

「まるで父と井上先生が影響を与えあっていたみたいです」

「仏像というのは発祥はインドですからね。ヨーロッパとは地続きです」

「そうですね」

「仏像が造られる前はお釈迦(しゃか)様の存在は菩提樹(ぼだいじゅ)などによって象徴的に表されていたんです」

「それが仏の姿の像を直接表すようになったのはいつ頃なんですか？」

つぐみは興味を持ったのか、あるいは秘密を解き明かすための糸口を摑もうとしてなのか積極的に質問を発する。

「北西インドのガンダーラ地方、現在のパキスタンと中インドのマトゥラ地方に仏教が伝わった頃です。この二つの地域に仏像の起源があります。特にガンダーラではヘレニズム文化の影響を受けてギリシャ的な風貌を持つ仏像が盛んに造られていたんです」

「そうだったんですか」

「もともと紀元前三百年頃にアレキサンダー大王の遠征軍がインドまで制圧してギリシャ文化を持ちこんでいたんです」

「興味深いお話です。父も、その辺りに興味を覚えたんでしょうか？」

「だと思います」

「それが父の古事記研究にどのような影響を与えたと思いますか？」

「さあ。そこまでは……。プライベートなつきあいは、ほとんどありませんでしたから」

「そうですか」

「ただ……。その話をしたときに般若が異様な興奮をしたことだけは覚えています」

「異様な興奮……」

「アレキサンダー大王らしき人物は旧約聖書やコーラン、ゾロアスター教などの多数の民族の教典に登場しますが、どうして日本には伝わらなかったんだろうとも言っていました」

「日本に伝わらなかった理由ですか」

「そう言っていましたね。それが般若の大学での研究に繋がっているとは思いますが……。思いだせるのは、そこまでです」

「判りました」

犬飼が礼を言って頭を下げた。

「ソロソロお暇(いとま)しようか？」

つぐみが頷く。

「井上先生。いろいろとありがとうございました」

二人は井上家を辞すと車に乗った。だが犬飼はエンジンをかけない。

「どこへ行こう？」

つぐみは答えない。

「たしかに井上先生から話を聞いて興味深い事実がいろいろと判った。般若恒成がギリシャ彫刻と仏像の繋がりに異様な興味を示したこと。だけどそれが〈祠剣会〉が隠したい草薙剣の秘密とどう繋がるのか……」

「判った気がします」

つぐみが呟いた。

「え？」

「判った気がするんです」

「判ったって……。般若恒成が解明した草薙剣の秘密が？」

つぐみはゆっくりと頷いた。

＊

出雲空港に輪島アリスと対比地翔が降りたつと迎えのワンボックスカーが空港前に着い

た。運転席にはサングラスの若い男が坐っている。

「お前はもういい」

対比地が言うと運転席の男は車を降りて対比地にキイを渡し去っていった。

対比地が運転席にアリスが後部座席に坐る。後部座席には一メートル三十センチほどの黒いケースが置かれている。輪島アリスはそのケースを開けた。中にはライフル銃が入っていた。

スマホの着信音が鳴った。輪島アリスは素早く胸ポケットからスマホを取りだして耳に当てる。

――十菱だ。

――輪島です。いま出雲空港に到着して車を受けとりました。

――ご苦労。犬飼の乗っている車のナンバーが判った。

十菱の告げるナンバーをアリスは記憶した。

――標的は捕獲を考えなくていい。見つけ次第、始末しろ。

――了解しました。

——後はこちらで事故死に装う。

アリスは通話を切った。対比地は静かに車を発進させた。

＊

黒塗りのリンカーン車が霞が関の警察庁駐車場に停まると中から帝松翠嵐が降りたった。護衛の者に守られながら、そのままエレベーターに乗り警察庁長官室に通される。

「突然すまないね」

帝松は笑みを浮かべながら倉元長官に軽く手を挙げる。警察庁長官の倉元淳治は五十五歳。中肉中背で頭髪は短めで白髪勝ちだ。眼鏡をかけ、どこかひ弱そうな印象の人物だが頭脳は鋭い。

「こちらこそ、わざわざ出向いていただいて恐縮です」

電話の段階で用件を伝えなかった帝松を倉元長官はいくぶん警戒気味に出迎える。

「どうですかな。ＹＡＭＡＴＯ２６００は」

帝松の口調は友好的だ。

「弾道にブレがありません。見事な出来栄えです」

YAMATO2600は帝松率いる〈千代田帝興業〉が開発した拳銃である。日本の警察官が携行する拳銃はミネベア（現・ミネベアミツミ）に吸収合併された新中央工業が開発したニューナンブM60を始めS&W社のSAKURA M360Jなど数種類あるが帝松はYAMATO2600を新たな警察官携行拳銃として売りこもうとしている。

「我が社の製品は、ひび割れなど起こしませんぞ」

数年前に配備された拳銃が複数の県警よりひび割れの報告があったことを踏まえての帝松の発言だ。

「個人的な意見を言わせていただければYAMATO2600は優秀な銃だと思います」

「長官のお墨付きをいただければ鬼に金棒だ」

「ただ私の一存で決められる事でもありません」

「判っています」

「充分に検討に値する拳銃だとは思っています」

「良い返事を期待していますぞ」

倉元長官は頷いた。日本の防衛産業を牛耳り政界にも睨みが利く帝松の持ちかけてきた話なら聞かざるをえない。倉元長官はそう判断していた。過去にも帝松と話した後に首相からも念を押されたという経験が一度ならずあった。

（今日の訪問の目的もそうするしかないだろう。もっとも悪い話ではない。製品自体は現

在の拳銃と比べて遜色がない出来だし価格も〈千代田帝興業〉は低い金額を示唆している）

「時に」

　帝松の顔から笑みが消える。

「警察官による発砲事件がありましたな」

　倉元長官の眉がピクリと動く。

（訪問の目的はＹＡＭＡＴＯ２６００のことではなかったのか？）

　頭の中の警戒感知器の針が振れる。

「大阪の事件ですか？」

　慎重に訊く。

「そうです」

「あれは仕方のない発砲でして」

　倉元長官の話を帝松は手で制した。

「非難しているわけではない。むしろ賞賛しておるんですよ」

「賞賛？」

「左様。あの事件は不審な人物に職務質問をした警察官に、その人物がナイフを突きつけたので発砲したんでしたな」

「そうです。警察官は発砲する前にナイフを捨てるように警告しましたが聞きいれられなかったので、やむを得ず発砲した次第です。どこにも落ち度はありません」

帝松は頷いた。

「相手が凶器を持っていれば発砲もありうるという事ですな」

「そうなります」

「実際に発砲した勇気に敬意を表しますよ。世間の目を気にして発砲しなければいけないときに発砲を躊躇(ためら)って犯人を逃しては本末転倒です」

「仰(おっしゃ)る通りです」

「ただ……。そのような勇気を持った警察官が果たしてどのくらいいるか」

「帝松さん。日本の警察は優秀です。みな自分の仕事に誇りと責任を持って任務に当たっています。そのせいでしょうかね。日本は世界で最も安全な国だと思われています」

「たしかに犯罪率は低い。だがもっと低い国がなかったかな？」

「二〇〇五年の犯罪被害者数の対人口比ですが、いちばん低いのがスペインの九・一パーセント。次が日本の九・九パーセントです。以下ハンガリーが十・〇パーセント、ポルトガル十・四パーセント、オーストリア、フランス、ギリシャ、イタリアと続いて十一位がドイツの十三・一パーセント、十七位がアメリカの十七・五パーセント、二十三位がイギリスの二十一・〇パーセントです」

「お見事です」

帝松が倉元長官の記憶力を賞賛した。

「ただ他国よりも比較的良いからといって慢心はいかん」

「心得ております。ここ最近の日本の検挙率は上昇傾向にあります」

「短期間の傾向を言っているのではない。一九五〇年代と比べてどうだね？」

「それは……」

倉元長官は言葉に詰まる。帝松がそこまで調べているとは思わなかったのだ。

（いったい帝松氏の目的は、どこにあるのか？）

倉元長官は素早く思考を巡らす。

「一九五〇年代の検挙率は六割から七割で推移してきたはずだ」

「その通りです」

「それが二〇〇一年には二割にも満たないところまで落ちこんでいる。そこから上昇傾向にあるなどと言っても通用せん」

「耳が痛いお話です」

「最近でも……」

帝松が何かを思いだすように上を向いた。

「大学生が同級生を殺害した事件があっただろう。犯人は森田つぐみという女子大生だ」

「あの事件ですか」

「犯人の森田つぐみは失踪したまま、まだ捕まっていない」

「遺憾に思っています」

「一刻も早い逮捕が望まれる。殺人犯が逃亡中とあっては示しがつかないし国民の不安が増す。また君が誇りに思っている日本警察の威信にも関わる」

「仰せの通りです」

「行方はまだ判らんのか？」

「それは……」

「確認してみてくれ」

「今ですか？」

「そうだ」

倉元長官はデスクの上の電話のボタンを押した。

——森田つぐみ事件の件だが。

相手が出ると倉元長官はすぐに本題に入った。

——行方はまだ判らないのか？

相手の声は帝松には聞こえない。

——何？

帝松が顔をあげる。

——そうか。

倉元長官が通話を切った。

「どうしましたか？」

「居場所を摑みました」

「ほう」

「森田つぐみは現在、島根県に潜伏しています」

「島根県に……」

「ご心配をおかけしましたが、ようやく逮捕できそうです」

「よくやってくれました」

帝松が軽く頭を下げる。

「恐縮です」

「ただ」

帝松が顔をあげる。

「ミスは許されません」

「勿論(もちろん)です」

「先ほどの発砲事件の話だが」

倉元長官は返事をしないで話の続きを待つ。

「犯人を射殺した事件もありましたな」

「十数年前に起きた大阪の事件のことでしょうか？」

「そうそう。やはり大阪だった」

「あれも、やむを得ない仕儀でして。今回は犯人を射殺することなく逮捕してみせます」

「いや、早合点してもらっては困る」

「え？」

「やむを得ない仕儀なら犯人の射殺もあり得る。そういう事でしょう」

「それは……」

「大阪の事件は、どういう流れだったのですか？」

「車上荒らしの犯人を追跡していた警察官が」

「ただの車上荒らしを射殺ですか」

「相手は凶器を持っていましたので」

「凶器か」

「そうです。車で逃亡を図ろうとした犯人に警察官は〝停まれ、撃つぞ〟と警告を発しましたが犯人は無視して急発進しました」

「それで射殺ですか」

「腕を狙ったのです。ところが相手が動いていましたので狙いを外して弾は頭部に命中しました」

「腕を狙っても誤って頭部に命中して射殺に至ることもあると」

「警察官に落ち度はありませんでした」

「勇気ある警察官だと思います。犯人逮捕のためなら発砲を厭わない。森田つぐみの逮捕にも同じ態度で臨んでいただきたいですな」

「同じ態度？」

「相手が凶器を持っていたのなら発砲をも厭わない態度です」

「なるほど」

「森田つぐみは包丁で相手を刺し殺しています。再び包丁を購入している可能性はあるでしょう」

「たしかに」

「今回の事件は世間も注目しています。どんなことがあっても犯人を取り逃がしてはならない。たとえ結果的に相手を射殺することになっても」

「肝に銘じます」

帝松は部屋を出ていった。帝松が出ていったドアを倉元長官はジッと見つめた。

(帝松さんは何を伝えに来たのだろう?)

森田つぐみを何としても逮捕しろ。そう圧力をかけに来たことは明白だ。だが、それは誰に言われなくても警察がいちばん強く思っていることだ。

(帝松さんの狙いはそこではない)

場合によっては森田つぐみを射殺してもかまわない。

(そのことを伝えたかったのだろう)

いや、むしろ射殺してもらいたい。そう言っているようにも聞こえた。

(いったい何故?)

理由は判らない。また知る必要もないと倉元長官は判断した。

(帝松さんの考えが判ればそれでいい。そのことを現場の警察官たちにも周知させなければ)

倉元長官は受話器に手を伸ばした。

＊

犬飼は車を走らせている。辺りは既に日が暮れ始めている。

「教えてくれ。草薙剣の秘密って何だ？」

「判りそうだったんですけど」

「判らない？」

「まとまりかけた考えが頭から逃げてゆきそうです。落ちついた場所で考えたいんです」

「落ちついた場所……」

犬飼はステアリングを握りながら周囲に目を配るが田畑が広がるだけでファミリーレストランも見かけない。

「できればネットが使える場所がいいわ」

「この辺にそんな店はないよ」

「あそこ」

つぐみが看板の掛かった大きめの建物を見つけた。

「あれはラブホテルだよ」

犬飼はアクセルを踏んだ。

「ネットは使えないかしら？」

「だけど」

「命が懸かってるのよ。確認してみて」

「判った」

犬飼は〈シャトー〉というラブホテルの前に停車した。入口付近に設置されている電飾表示板に〝休憩　三〇〇〇円から　一泊五〇〇〇円から　カラオケ・インターネット設備有り〟と表示されている。

「入りましょう。駐車場は地下だから車を見られる心配もないわ」

玄関の隣に地下駐車場への入口が見えている。犬飼は頷くと地下の駐車場に車を入れた。車を降りると二人で受付で部屋を決め鍵を受けとる。部屋は三階の〈カトレア〉の間だった。

「ここだ」

犬飼の言葉につぐみは緊張した面持ちで頷く。部屋に入ると薄暗い中、中央に設置された丸い大きなベッドが目につく。壁沿いにはテレビとパソコンが置かれているがノート類を広げるスペースはない。

犬飼が電灯のスイッチを入れるとピンク色の照明が灯(とも)り部屋の中は艶(なま)めかしい光で満た

される。

「落ちつけるか？」

つぐみは「大丈夫」と答えるとベッドに坐った。

「俺は端の椅子に坐っている」

つぐみは応えずにバッグから筆記用具を取りだしてベッドに置いた。

「ニュースを見てみよう」

犬飼がテレビの電源を入れた。つぐみがテレビの画面を見つめる中、やがて画面一杯に全裸の男女が絡みあうシーンが映しだされた。女性の喘ぎ声が室内を満たす。犬飼はテレビを消した。

「ニュースは後にしよう。先に君が判りかけた草薙剣の秘密だ」

つぐみは頷く。

「ギリシャの話を聞いたときに〝判った〟って思ったの」

「そうだったな」

「どうしてギリシャだったのかしら？」

「井上先生は仏像にギリシャの影響が見られるという説を展開していた」

「そうね。それが、あたしの心のどこかに触れた」

「君は古事記を研究していると言ったな」

「研究というと烏滸がましいけど。ずっと勉強してるわ」

「どうしてだ？」

「疑問を解決したいからよ」

「どんな疑問？」

「神武天皇はどうして東進を続けたのか？」

「神武天皇が九州から東進を続けたのは俺も知ってるよ。それは新天地を求めてじゃないのか？」

「どうして新天地を求めなくちゃいけなかったのかしら？」

「さあ……。西の方はすでに平定したからとか？」

「そうね」

「合ってる？」

「合ってると思うわ」

そう返事をしながらも、つぐみは考える。

「天皇一族は大陸からやってきたと聞いたことがある」

「それが天孫降臨の神話の元になったのよ」

「そういう説が有力らしいな。つまり朝鮮半島から渡ってきたんだろ？」

「本当にそうかしら？」

「え？」

「神武天皇の他に、もう一人、東進を続けた人物がいるのよ」

「そんな人物がいるか？」

「いるわ」

「誰だ？」

　つぐみは答えない。

「誰なんだ？　俺には思いつかない」

「アレキサンダー大王よ」

「アレキサンダー大王？」

　犬飼が頓狂（とんきょう）な声をあげるとつぐみは真剣な顔で頷いた。

「アレキサンダー大王はマケドニア王国の王でエジプトのファラオも務めた人物よ」

「かなり版図（はんと）を拡大した人物だな。それなら東進もしただろう」

「東方遠征によって広大な帝国を築いたの。その偉業が伝説となって今度はその伝説が東進を始めた」

「伝説が？」

「英雄伝説よ。それが東へ東へと進んでいったの」

「本人を置き去りにしてか」

「本人も実際に進んだんじゃないかしら」

「え?」

「伝説が東進したんじゃなくて本人が東進した」

「どうしてそう思うんだい?」

「実際に東方遠征で版図を拡大した人物だから。そこから更に制覇していない東に進むのは不思議なことではないと思うわ」

「不思議ではないね」

「アレキサンダー大王の伝説は中国にまで伝わっているの」

「中国か」

「アレキサンダー大王が中国にまでやってくるはずはないという先入観に囚われて〝伝説〟と考えているけど事実だったんじゃないかしら?」

「事実だったらアレキサンダー大王が中国を統一してなければならない」

つぐみは少し考えてから「そうですよね」と応えた。

「でも……」

話をしながら自分の考えを構築している。

「素通りしたとしたら……」

「素通り?」

「はい。素通りしたら中国を統治はしませんよね」

「そりゃそうだけど素通りしたらアレキサンダー大王が日本にやってきちゃうよ」

「ですよね」

つぐみは黙った。

「それにアレキサンダー大王の話は神武とは関係ないだろう」

つぐみはなおも黙っている。

「父は、どうしてギリシャ彫刻が仏像に影響を与えたという話に影響を受けたのかしら」

ゆっくりと、また話しだす。

「さあ。俺は学者じゃないから判らないよ」

「アレキサンダー大王もギリシャの人ですよね？」

「そうなのか？　マケドニアだって言ったじゃないか」

「犬飼さん。アレキサンダー大王を検索してみてください」

犬飼は場所を移動してパソコンを起動させるとすぐに検索を始めた。

「そうみたいだな。アレキサンダー大王は正しくはアレクサンドロス大王といって、これはギリシャ語のようだ。マケドニアというのは現在のギリシャ北部だ。因(ちな)みにアラビア語やペルシャ語ではアレクサンドロスはイスカンダルとなる」

「父が何かを閃(ひらめ)いたのは仏像がギリシャ彫刻の影響を受けているという部分です」

「それが?」

「それがヒントです」

「判らないよ」

「仏像は日本にも伝わっています」

「そうだな」

「ギリシャの文化が日本に伝わったんです」

「そうなるな。だけど君のお父さんは仏像じゃなくて草薙剣の研究をしていたんだろ?」

「草薙剣も同じじゃないかしら」

「え? どういう事だ?」

「草薙剣もギリシャから伝わったとしたら」

「ええ?」

犬飼は口をあんぐりと開けた。

「誰が伝えたと言うんだい?」

「アレキサンダー大王です」

「ちょっと待てよ。アレキサンダー大王が日本に来ていたっていうのか?」

「はい」

「いったい、どうしてそういう結論になるんだよ」

「神武天皇はアレキサンダー大王なんじゃないかしら?」

つぐみの結論に犬飼は言葉を失った。

*

対比地翔がステアリングを握り街道沿いを走っていた。後部座席には輪島アリスが坐っている。アリスの脇にはライフルのケースが置かれている。

「この道を森田つぐみを乗せた車が走っていたことまでは判っている」

「この道沿いは何もない。必ず見つかるわ」

前方に建物が見える。

「あの建物は?」

「あれはラブホテルだ」

対比地は行き過ぎようとする。

「待って。調べてみましょう」

対比地はアクセルを緩めた。

「駐車場は地下にあるわ」

「OK」

対比地はステアリングを切り地下の駐車場に向かった。駐車場に入るとヘッドライトをつける。駐車場内は思いの外広く数多くの車が並んでいる。車体の色は黒、白、グレーが多い。

「あれは?」

アリスが指さした車は白のスイフトだ。対比地は近づいてプレートナンバーを確認する。

「この車だ」

「見つけた……。二人は、この中にいるのね」

対比地は頷いた。

四章　甦る真実

　犬飼はつぐみの言葉を聞いて呆然としていた。

「そんな……。神武天皇がアレキサンダー大王だなんて、ありえないよ」

「どうして、ありえないんですか？」

「それは……。今まで誰もそんなことを言った人がいないし」

「新説というものは、みんなそうじゃないんですか？」

「それはそうかもしれないけど」

「どうして〈祠剣会〉は必死になって、あたしを追っているんでしょう？」

　犬飼は答えることができない。

「父が盗みだした本物の草薙剣が〈祠剣会〉にとって都合が悪いものだからですよね」

「そうだな」

「どうして都合が悪いんでしょう？　本物の草薙剣は都合など悪くないはずです」

「それは熱田神宮に保管されているものが偽物だという事がまずいからじゃないか？　長い間、世間を欺いてきたわけだから」

「でも古代から〈祠剣会〉もしくは〈祠剣会〉の前身は草薙剣を隠していたんですよね？」

「そうだ」

「その時点で、すでに草薙剣は〈祠剣会〉にとってまずい存在だったんですよ。隠していたんですから」

犬飼は、つぐみの言葉に圧（お）されている自分を感じていた。

危機が迫るこの時になって急激につぐみの頭脳が回転し始めたように感じる。

（今まで、おとなしいだけの女性だと思っていたのに）

（やっぱりこの子は謎（なぞ）を解き明かした般若恒成（はんにゃつねなり）の血を引いている）

そんなことを思った。

「どうして草薙剣は〈祠剣会〉にとってまずい存在だったんでしょう？」

「俺には見当もつかないが」

「〈祠剣会〉が信じる日本のあるべき姿が崩れるからだと思います」

「〈祠剣会〉が信じる日本のあるべき姿……。君はさっき神武天皇がアレキサンダー大王だったんじゃないかって言ったよな」

「はい」

「つまり古来からの日本を重視する〈祠剣会〉にとって初代天皇である神武天皇が西洋人だったらまずいということか」

「そうです」

「確かにそうかもしれない。でもそれは草薙剣とは関係ないだろう。つまり草薙剣からそのことが判るとも思えない」

「そうでしょうか」

つぐみの頭の中ではすべてが判りつつあるのか？　犬飼はそんな気がした。

「思いだしてください、森田圭介さんの言葉を」

「どんな言葉だ？」

「草薙剣もエクスカリバーも同じヒヒイロカネ……餅鉄でできていると思うって」

「そういえば、そんなことを言っていたな。でもそれが？」

「アレキサンダー大王が日本にやってきたのなら、その時にエクスカリバーを携えていたんじゃないでしょうか」

「ちょっと待ってくれ。草薙剣とエクスカリバーが同じ剣だというのか？　つまりエクスカリバーが草薙剣だと」

「神武がアレキサンダー大王なら、そうなります」

「いや……。エクスカリバーはアレキサンダー大王じゃなくてアーサー王の聖剣だろう」

「森田圭介さんが言ってたじゃないですか。アーサー王伝説はアレキサンダー大王の存在が反映されたものじゃないかって」

「そうだった」

 どちらもヨーロッパに大帝国を築いた英雄であること。アレキサンダーという名前が長い時を経てアーサーに変化するのは不自然ではないこと。綴りはAlexanderとArthur。

「だとしたらアレキサンダー大王がエクスカリバーを携行していても矛盾しません」

犬飼はジッと考える。

「アレキサンダー大王がエクスカリバーを持っていたとしよう。だけど神武天皇とアレキサンダー大王が同一人物だったという説はどうだ？　こっちは時代的に矛盾はないのか？」

「ありません」

つぐみはすぐに答えた。つぐみの頭の中には神武天皇の情報は、ほとんどが記憶されている。

「アレキサンダー大王が紀元前三百年代の人物なのに対して神武天皇は紀元前六百年代の人物です」

「ズレがあるが？」

「もともと神武天皇は架空の存在と見なされていますからズレがあるのは不思議じゃありません。むしろ存在した時期の近さに注目すべきかと思います」

たしかにその通りだと犬飼も思った。

「ギリシャ彫刻が仏像に影響を与えたのはアレキサンダー大王の東征がギリシャの文化を

東に運んだからだと聞きました」

「井上先生がそう教えてくれた」

「ならばアレキサンダー大王が文化ばかりではなく剣を運んできたとしても不思議じゃないはずです」

犬飼は唸った。

「だけど井上先生はこうも言っていたはずだ。聖書にもイスラム文献にもアレキサンダー大王に関する記述があるのに日本にだけアレキサンダー大王の記述がないと。アレキサンダー大王が本当に日本にやってきていたのなら日本の聖典とも言える古事記にアレキサンダー大王に関する記述があってもいいはずだ。それはどう説明する？」

「日本にもアレキサンダー大王の記述はあったんですよ」

「それは？」

「神武天皇その人です」

「神武天皇……」

つぐみが頷く。

「古事記にアレキサンダー大王のことが堂々と記述されていたというのか」

「神武天皇は架空の天皇だという説が主流です。でも火のない所に煙は立たず。伝説には何かしら元になった事実があるはずなんです」

「架空の人物とされる神武天皇の〝元になった人物〟がアレキサンダー大王だというのか……」

犬飼は躯が小さく震えてくるのを感じていた。

「ギリシャ彫刻がインドの美術に影響を与えた事とも符合します」

「アレキサンダー大王は東に進んでいた。その痕跡がインドの美術や仏像に残っていたというわけか」

「はい。アレキサンダー大王は東征を続けた最後に日本に渡って神武天皇になったんです」

部屋の中に音がなくなった感覚に囚われた。犬飼はパソコンに目を遣る。微かに送風音が聞こえている。

「アレキサンダー大王は日本という地に同化しました」

「それが真実なら〈祠剣会〉は知られたくないだろうな」

「〈祠剣会〉は、そのことを太古の昔から知ってたんです」

「だから隠した……」

「はい」

「だがアレキサンダー大王はどうして自分を神武だと名乗ったんだ?」

「名乗ったわけではなかったんじゃないかしら」

「え？」

「実在の天皇は第十代の崇神天皇からというのが定説です」

「三世紀の天皇だな」

「はい。そのころには日本という国が確立されていましたけどアレキサンダー大王が生きていたのはそれよりも六百年近く前なんです」

「六百年か……」

「それぐらい時が隔たっていれば現実が伝説になるには充分だと思うんです」

「そうかもしれないな」

「日本は独自の神話体系を創りあげています」

「日本を万世一系の天皇家が支配しているという神話体系だな」

「はい。そして崇神天皇が日本を支配するようになった頃には天皇家の本当の出自を公にすることは既に都合が悪くなっていたんじゃないでしょうか。あるいは天皇家自身も自分の出自が判らなくなっていたのかもしれません」

「六百年経てば、そういう事もあるかもしれないな。俺なんか四代前も判らない。親戚の間じゃ俺の曽祖母がリバプール出身だなんて噂もあったけど、それも定かじゃない」

「普通は四代前なんて判りませんよ。あたしは親も判らなかったんです」

「六百年前がどうなっていたか判らなくなっても不思議じゃないか」

「はい」

「でも〈祠剣会〉は、それを記憶し続けた」

「記録に残していたんじゃないでしょうか？　最初は伝承で、五世紀頃に漢字が日本に持ちこまれてからは文字で……。〈祠剣会〉の元になった組織はその文書をずっと保管していたんです」

「あるいは発見したという事はないか？」

「発見？」

「ああ。残された文書は、いつか埋もれてしまった。だけど〈祠剣会〉の元になった組織が、ある時期に発見して真実を知ってしまった」

「そうですね。そういう事もあるかもしれませんね。現代でも古文書が発見されたり文豪の手紙が新たに発見されたりしてますから」

「それ以来〈祠剣会〉はずっと真実を守ってきた」

つぐみが頷く。

「きっと自分たちの出自だから秘匿はしても処分はできなかったのだと思います」

「そうかもしれない」

「アーサー王伝説にエクスカリバーがつきものなのはアレキサンダー大王がその剣を持っていたからじゃないでしょうか」

「それが日本では草薙剣と呼ばれた」

「エクスカリバーも王の正統性を証明する剣です」

「草薙剣もそうだな。天皇家を証明する剣だ」

犬飼の軀から力が抜けた。

「たしかに君の言う通りかもしれない。神武天皇はアレキサンダー大王その人だった」

「神武天皇の元の名前はイワレヒコです。アレキサンダーの冒頭のアレという音がイワレに変化したのではないでしょうか」

犬飼はつぐみの洞察力に感心した。だが……。

「君の説が正しいとして、そのことが露見するものだろうか？」

「露見？」

「ああ。〈祠剣会〉は君のお父さんを抹殺(まっさつ)してまでその秘密が露見することを防いだ。そこまでは判る。だけど、どうして君まで狙(ねら)うんだろう？」

「あたしが草薙剣の在処(ありか)を知ってると思ってるからでしょう？」

「そうだ。逆に言うと本物の草薙剣の存在が公表されれば〈祠剣会〉が隠し通してきた秘密……すなわち〝神武天皇＝アレキサンダー大王〟が判明してしまうと〈祠剣会〉は考えている事になる」

「そうか」

「草薙剣が公表されたらどうして神武天皇＝アレキサンダー大王だということが判ってしまうのだろう？」

「文字、かもしれません」

「文字？」

「はい。草薙剣に何らかの文字が記されていて、それがエクスカリバーを表す文字、あるいはアレキサンダー大王を表す文字だったら……」

「なるほど」

「年代や形状、状況などからそれが草薙剣以外の何物でもないと判明したら草薙剣＝エクスカリバーが証明されてしまいます」

「それを〈祠剣会〉は防ぎたいわけか」

「はい。人の命を奪ってまで」

そう言ってから、つぐみは唾を飲みこんだ。

「君の言う通りかもしれない。だけど……」

犬飼の目が泳ぐ。

「肝心の草薙剣を、どうやって見つける？」

「え？」

「〈祠剣会〉が君を狙う理由が君の言う通りだとして、そして君の命を安全にする方法がその事実を公表することだとして、肝心の草薙剣が見つからなければ公表できない。いくら口で言っても物的証拠がなければ証明にはならないから」

「はい」

「そして〈祠剣会〉は、その証拠である草薙剣を俺たちよりも先に見つけようとしている。君を生け捕りにして拷問にかけてでも口を割らせようとするだろう」

「あたしだって知らないのに」

「〈祠剣会〉はそう思っていない。あるいは君の意志に関わりなく君から情報をダウンロードできると思っているのかも知れない」

「あたしからダウンロード?」

「その方法が拷問なのか、君の軀を調べるのかは判らないけど」

つぐみは思わず両腕で自分の軀を包むように抱いた。

「いずれにしろ目的を果たしたら君を生かしてはおかないだろう。いや〈祠剣会〉の動きを見ると君を捕獲する前に殺害する方針に変えたんだろう」

判っていることだがつぐみの顔が引きつる。

「だから絶対に〈祠剣会〉よりも早く草薙剣を見つけなければいけないんだ」

「でも手掛かりがないわ」

「考えるんだ」

「本当に父は、あたしに草薙剣の在処を託したのかしら？」

「〈祠剣会〉は君を捕らえれば草薙剣の在処が判ると確信している。それは何故だ？」

「判らないわ」

「君のお父さんから得た情報じゃないだろうか？」

「え？」

「盗聴などの方法で知ったのかもしれない。だからこそ君を執拗に追ってるんだ」

納得できる考えだった。

「般若恒成さんが隠せそうな場所に心当たりは？」

「ないわ。般若恒成という人物自身を知らなかったんだから」

「そうだな。悪かった。だったら順を追って一から推理してみよう。レポート用紙を借りるよ」

犬飼はベッドの上のレポート用紙を手に取ると胸ポケットからボールペンを抜いた。

「般若恒成さんが看破した真実は本物の草薙剣が京都の那芸神社に保管されていたというものだ。そして般若恒成は那芸神社から草薙剣を盗みだした。盗みだした草薙剣を般若恒成はどこに隠したのか？」

「近くに父がよく行く場所はないでしょうか？」

「近くにはない。般若恒成の土地勘のある場所といえば住んでいた東京か実家のある出雲だ」

「出雲は東京よりは那芸神社から近いですよね？」

「だけど草薙剣という荷物を抱えている。電車移動だったらかなり目立つはずだ」

「車を使って？」

「般若恒成は免許を持っていない。車を運転できなかった。森田圭介さんがそう言っていたはずだ」

「でしたね」

犬飼は立ちあがり窓から外を見た。一台の車が地下の駐車場に入ってゆくのが見える。

一瞬、フロントガラスから車の中が見えた。運転しているのは男性のようだ。

（ん？）

見覚えのある女性が乗っているような気がした。

（あれは……）

後部座席にいるのは輪島アリスだった。運転席の男性は対比地翔か。

（見間違いか？）

いや……。

「どうしたの？」

「輪島アリスがこのホテルに入った」

「え？」

「いま窓から見えた」

「ウソ……」

「間違いない。一瞬だったけど運転席に坐っていたのは同じ〈グリーン協会〉の対比地翔だ」

「逃げなきゃ」

「車は使えない。輪島アリスが駐車場に入ったということは俺たちが車に戻るところを狙って狙撃するつもりだろう」

つぐみの軀が小さく震える。

「だったら駐車場には行かないで玄関から出る？」

「それしかない」

「でもその後は？　歩いて逃げる？」

ラブホテルの前は一本道で道の両側には田畑が広がっている。周辺にラブホテル以外の店舗は見あたらない。街道を歩いていたらすぐに見つかってしまうだろう。

犬飼のスマホが鳴った。二人は顔を見合わせる。犬飼は通話ボタンを押してスマホを耳に当てた。

――森田さん？

若い男性の声だ。つぐみが怪訝そうな顔をする。

――誰だ？

犬飼は警戒しながら訊いた。

――あなたは犬飼さんですか？

――君は？

犬飼は答えずに訊きかえす。

――鯉沼といいます。

つぐみが「鯉沼くん？」と声をあげる。

――森田さん。そこにいるの？

つぐみの声が聞こえたのか電話の相手――鯉沼駿平が尋ねる。

――君は誰だ？

――森田さんの友人です。

犬飼がつぐみを見る。つぐみは頷く。

「犬飼さん。代わってください」

「どういう知りあいだ？」

「大学の同級生です」

「大学の？」

犬飼が何かを考えている。

「信用できる人です」

その一言を聞くと納得したのか犬飼はスマホをつぐみに渡した。

――鯉沼くん？

――森田さん？

――そうよ。

――よかった。繋がって。

鯉沼の安堵した声が聞こえると、つぐみは泣きたくなった。安堵のせいか久しぶりに知人の声を聞いたせいか、それともその声が鯉沼のものだったせいか……。

――森田さん。君は殺人犯として追われている。

――知ってるわ。でも信じて。あたしはやってない。

――信じてるよ。

――鯉沼くん……。

――君は〈祠剣会〉に狙われてるんだろう？　君を助けたいんだ。

犬飼が「ちょっと代わってくれ」とつぐみに言った。つぐみは再びスマホを犬飼に返す。

――〈祠剣会〉に狙われてると誰に聞いた？

――警察の人です。

――警察の?

――川端という刑事です。

鯉沼は淀みなく答えてゆく。

「あの刑事が……」

犬飼はまた考えを巡らす。

――鯉沼君。君はいま、どこにいるんだ?

――出雲です。

――出雲?

つぐみも「え」と声をあげる。

――どうして出雲に……。

――実は関東放送の千葉さんに聞いたんです。電話番号も。

――君は、そこまでしたのか。

鯉沼の言葉を聞いてつぐみは胸が一杯になった。
――森田さんの友人の阿知波さんも一緒です。
つぐみが「理緒も？」と声をあげる。
――車か？
――はい。レンタカーを借りました。
――鯉沼君。助けてくれないか？
――そのつもりで来ました。
つぐみは再び泣きそうになる。
――何をすればいいんですか？
――迎えに来てもらいたい。
――場所は？
――国道沿いのラブホテルだ。

――ラブホテル？

――誤解しないでくれ。〈祠剣会〉に追われて、ここに逃げこんだ。部屋では〈祠剣会〉の秘密を解明していた。

一瞬、間を置いて鯉沼は「判りました」と答えた。

――ありがとう。〈シャトー〉というホテルだ。実は、このホテルにいることを〈グリーン協会〉の輪島アリスという刺客に嗅ぎつけられている。

――え？

――輪島アリスは地下の駐車場で俺たちが車に乗りこむところを張ってると思う。

――どうすればいいんですか？

――俺たちは地下駐車場には降りないで玄関から国道に出る。そこを拾ってくれ。

――判りました。

一刻を争う事態だということを感じているのか鯉沼は素早く返事をしてゆく。

――着いたらクラクションを鳴らして合図を送りますか？

——いや。それだと相手に気づかれる。俺たちがホテルを出て道で待っている。

——大丈夫ですか？

——他に方法はない。

——判りました。

——車種は？

——カローラです。

——どれくらいで来られる？

一瞬、間を置いた後「二十分ほどで行けると思います」と返事があった。犬飼は通話を切った。

「犬飼さん」

「いい友だちだな」

「鯉沼くんにも危険が及ぶわ」

「仕方ない。俺たちが助かる道はそれしかない。コイヌマ君、それにアチハさんに頼るしかないんだ」

「でも」

「〈祠剣会〉を潰せるかもしれない」

「え？」

「ああいう組織を、のさばらせておいて良いわけがない。犯罪組織なんだ」

「犯罪組織……」

「そうだろ？　奴らは人を殺している。放っておいたらまた人を殺すかもしれないし、そもそも殺人者を野放しにはできない」

「そうですね」

「これがチャンスなんだ。犯罪者を裁く。どんなに崇高な思想を持っていても罪を犯したら裁かれなければならない。それが法治国家である日本での宿命だ。日本は野蛮な国じゃない。世界のお手本になるような国であってもらいたいと俺は思っている」

「世界のお手本？」

　犬飼は頷いた。

「日本は他の国に比べて劣っている部分が多分にあると思う。議員の数が無駄に多かったり女性の地位が低かったり。南米の人たちはみんな楽しそうだ。欧米の人たちは明るい。日本は教育も型に嵌めすぎる。欧米の学校は自由だよ。日本の自殺率が高いのも、そんな窮屈な社会が影響しているのかもしれない」

　つぐみは犬飼の言葉をジッと聞いている。

「だけど日本は世界でも有数の安全な国だと思う。夜道を女性が一人歩きしてるし自動販に比べればずっと少ない。そんな安全な国だという事実は世界に誇れると思う」

売機も襲われない。もちろん事件はあるし強盗、詐欺も横行しているけれど世界の他の国

「交番が役に立っていると聞いたことがあります」

「そうだな。交番が役に立っていると思う。あるいは、そもそも安全だから町々に交番が設置できるのかもしれない。いずれにしろ安全な日本は素晴らしいと思う。だけど不正は駄目だ。不正は正さなければいけないし犯罪は裁かれなければいけない。それができてこそ日本は法治国家だと言えるし世界平和に向けての世界のリーダーになれると思う。いや、真の理想はリーダーなどいらない世界かもしれないけど」

犬飼が必死に喋っているのは……。

（あたしに罪悪感を抱かせないためじゃないだろうか？　鯉沼くんや理緒を巻きこんでしまったことへの罪悪感……）

つぐみも鯉沼と阿知波理緒の助けを借りることを決意した。

「行こう」

「はい」

二人は出発する準備を始めた。

＊

対比地が駐車場の中で犬飼とつぐみが乗るはずの車を狙える位置に車を停める。輪島アリスは犬飼の車のドア付近に狙いを定めてライフル銃を構える。

「遅くないか？」

ステアリングに手をかけながら対比地がアリスに言う。

「遅い？」

「ああ。もうだいぶ待っている」

対比地の言葉をアリスがジッと考える。

「表玄関を見てきて」

「判った」

対比地が車を降りた。

＊

フロントで料金を払うと二人は玄関から辺りに気を配りながら表に顔を出した。辺りはすっかり日が暮れている。

（鯉沼くん、お願い。来ていて）

犬飼に続いてつぐみも外に出た。表の通りには車の姿は見えない。犬飼は出て左側を見つめている。

（こっちから来るのね）

つぐみも犬飼に倣って左側に目を遣る。一台の車がやってくるのが見える。息を詰めて車を待つ。車は二人の前を通りすぎていった。

駐車場の入口から人が歩いてくる気配を感じる。つぐみは振りむいた。目つきの鋭い若い男が立っていた。

「対比地……」

犬飼がその男を見て呟く。車が急停車する音が響いた。

「森田さん！」

開いている窓から叫ぶような声。振りむくと鯉沼だった。

「鯉沼くん！」

後部座席が開いた。

「早く！」

中から阿知波理緒が叫ぶ。とつぜん腕を引かれて躯が傾いた。素早く動きだした犬飼に引かれたのだ。犬飼はつぐみの軀を放りこむように車の後部座席に押しこんだ。続けて自分も乗りこむと「出せ！」と叫んだ。車は急発進した。振りむくと対比地は駐車場に引き返していた。

「追ってくるぞ！」

「逃げます」

「運転を代わろう」

「え？」

「俺は運転には自信がある。車体が隠れるような建物が見えたら曲がってくれ。そこで車を停めて交代しよう」

「判りました」

鯉沼はめいっぱいアクセルを踏みこんだ。

＊

島根（しまね）県警と出雲東署の警察官、刑事の精鋭人員で組織された森田つぐみ捕獲班が県警本部に集結していた。

「東京からの応援は？」

五十を少し過ぎた小柄な男性が尋ねる。森田つぐみ捕獲班の班長を務める島根県警の警部である。その顔には深い皺が刻まれている。

「来たようです」

警部の隣に立つ長身の中年男性が答える。捕獲班副班長を務める出雲東署の警部補である。警部補の視線の先に覆面パトカーが見える。覆面パトカーは県警駐車場に入ると停車した。中から一人の目つきの鋭い男が降りたった。三十代後半だろうか。長身で痩せているが身のこなしは俊敏そうだ。

「警視庁の井辻です」

男は警部と警部補に名乗った。

「島根県警の海藤です」

「出雲東署の本山です」

「警視庁の特殊部隊のかたがいらっしゃるとは思いませんでした」

井辻は警視庁に所属する特殊部隊、通称ＳＡＴの隊員である。射撃の成績はＳＡＴの中でも最上位に位置している。

「万が一の場合に備えてです」

「万が一……」

「警察庁も警視庁も犯人を絶対に逃してはならないと考えています」

「当然です。我々もそのつもりで臨んでいます。しかし相手はただの女子大生です。SATが通常、相手にするようなテロ組織に属してもいないし凶悪犯でもない」

「人を一人殺しています。充分に凶悪でしょう」

「それは……」

「凶器を携行している可能性もある。その時のために私は来ました。あなたがたは発砲に躊躇(ちゅうちょ)するでしょう」

海藤警部と本山警部補は顔を見合わせる。

「無闇(むやみ)に発砲するものではないと考えています」

「当然です。ただ今回のケースが〝無闇〟に該当するかどうか」

海藤警部は井辻の言葉をジッと考える。

「急ぎましょう」

井辻は覆面パトカーに戻った。

「警部」

部下の一人が海藤警部に駆けよる。

「東京からまた応援の刑事が二人、合流するそうです」

「刑事が？」

「はい」

「聞いてないな」

「今回の事情に詳しい者だとか」

「そういう人物なら、いてくれた方が良いだろう。到着したら我々の後を追うように伝えてくれ」

「了解しました」

井辻を加えた捕獲班は国道に向かって出発した。

＊

犬飼が追われている事情をあらかた説明し終えたころ前方に建物が見えてきた。

「その角を曲がって停めるんだ」

四人は、ほとんど口を利かない。利く余裕がない。タイヤの音を軋(きし)ませながら角を曲がると鯉沼は急ブレーキをかけて車を停める。犬飼がドアを開けて外に出る。座席を鯉沼と交代して運転席に坐り、すぐに発車する。

「鯉沼くん。理緒。ありがとう」

「森田さんは大丈夫？」

鯉沼が心配そうな顔でつぐみに訊く。

「判らない。でも命を狙われているの」

「君たちが来てくれて助かったよ。命の恩人だ」

運転席から犬飼が言う。

「必死でした」

横から聞こえる鯉沼の声を聞いて、つぐみは胸が熱くなった。

「つぐみ。鯉沼くんは、つぐみのことを思ってるよ」

「判ってる。理緒もね……二人とも、ありがとう」

理緒が頷く様がバックミラーに映る。

「これから、どうします?」

鯉沼が犬飼に訊く。

「この車を捨ててタクシーに乗り換える」

「え?」

「この車で走っていたら、やがて見つかる」

犬飼の言葉から鯉沼と理緒は、つぐみたちを追っている相手の恐ろしさを悟った。

「大変な相手なのね」

「怖いわ。生きた心地がしないの」

「大丈夫。きっと御守りが守ってくれるよ」

理緒が力強い声で励ます。

「御守り？」

「つぐみが持っている御守り。小さい頃から持ってるって言ったよね？」

「うん」

「小さい頃から？」

犬飼が訊きかえした。

「はい」

つぐみが小声で答える。

「いつ買った？」

「買ったんじゃなくて……」

「買ったんじゃなくて？」

「最初から持ってた」

「どこの神社の御守りだ？」

「わかりません。神社の名前は書いてなかったと思う」

「今も持ってるのか？」

「持ってます。財布に入ってます。いつも財布に入れっぱなしで忘れてました」

犬飼は車を停めた。

「御守りを見せてくれ」

つぐみは財布から小さな御守りを取りだして犬飼に渡した。犬飼は車内のランプを照らす。

「小さい頃から持ってたって事は、この御守りは君のお父さんが君に渡したものじゃないのか？」

「違います」

「違う？」

「内野さんがくれたものです」

「内野？」

「〈ライフポート〉……あたしが育った児童養護施設の園長さんです」

犬飼はしばし考える。

「〈ライフポート〉の他の子供たちは、その御守りを持っていたのか？」

「いいえ。持ってなかったわ」

「だったら君だけにあげるのはおかしい」

つぐみは犬飼の言葉を頭の中で検討する。たしかに犬飼の言葉には理があるような気がする。

「ということは、その御守りは、やっぱり君が〈ライフポート〉にやってきた時から持っていたんだろう。つまりその御守りは君のお父さんが君に託したんだ」

つぐみは愕然とした。

「御守りは、お父さんがくれた物……」

「そうに違いない。そして……」

犬飼はつぐみを見つめる。

「君のお父さんが君に託したということは、この御守りが草薙剣の在処を示しているんだ」

つぐみは息を飲んだ。

「この御守りが……」

「どこなんですか？　草薙剣の在処って」

阿知波理緒が犬飼に訊いた。

「調べてみよう。開けていいか？」

つぐみが頷くと犬飼は御守りの上部を結んである紐を解いて中を確認する。

「中には何も文書は入っていないようだ」

「布の間に縫いこんであるとか？」

鯉沼が声をかける。犬飼は布を指でなぞって丹念に調べる。

「何もないようだ。膨らんだ部分もないし」

「そうですか」

「その御守りには何もメッセージは託されていないんじゃないですか?」

理緒が言う。

「いや、託されている」

犬飼は断言した。

「〈祠剣会〉は生半可な組織じゃない。その〈祠剣会〉が必死になって森田さんを追っている。確証があってのことだろう」

「でも、どこにも、それらしき形跡がないんですよ」

犬飼はジッと御守りを見つめる。

「どうして神社の名前がないんだ?」

犬飼が呟く。

「普通は御守りには何神社のものか名前が入ってるもんだろう」

「言われてみればそうですね」

そう応えた鯉沼が答えを求めるようにつぐみを見る。つぐみは〝判らない〟というふうに首を横に振る。

「神社の名前が縫いこまれていないのはおかしいですよね」

「般若さんが外したのかもしれない」

理緒の疑問に犬飼が応えた。

「般若さんが？」

「ああ」

「どうして外したんですか？」

「知られたくないからだ」

「知られたくない……」

「ああ。般若さんは愛娘に託した御守りがどこの神社のものかを知られたくなかった。つまり……。その神社が草薙剣を隠している場所なんだ」

車内から音が消えた。

「きっと自分とつぐみさんとの仲なら、どこの神社か判ると信じて般若さんは神社の名前を縫いこんだ糸を外したんだ」

犬飼が沈黙を破る。

「そんな……。あたしにも、どこの神社か判らないわ」

「考えてくれ」

つぐみは御守りを見つめる。

「ただし時間がない。急いでくれ。今にも輪島アリスに見つけられるかもしれないんだ」

つぐみは必死に御守りを見つめ続けた。

*

後部座席に坐る輪島アリスのスマホに連絡が入った。

——獲物は出雲市内をレンタカーで走っている。

十菱からだった。

「聞こえた？」

対比地が「聞こえた」と答える。

「どれくらいで追いつける？」

「五分だ」

「車から狙撃するわ」

アリスがライフルの銃弾を確認しながら言う。

「了解した」

対比地は心持ちスピードを上げた。

＊

鯉沼が右手に嵌めた腕時計を見ている。先ほどから三分が経過している。

「この鳥居……」

つぐみが呟いた。御守りの布には鳥居の紋章が縫いこまれている。

「鳥居が何か？」

「ちょっと変わってませんか？」

つぐみに言われて犬飼が御守りの紋章を凝視する。

「たしかに、ちょっと変わって見えるけど……。いったいどこが変わっているのかが判らない」

「でも違和感がありますよね？」

「普通の鳥居とは違うような気がする」

「横の棒、右端が尖(とが)ってますよね」

「あ」

「ホントだ」

「まるで剣みたいです」

「剣……」

犬飼の目が大きく見開かれた。

「こんな鳥居は日本で一つしかない」

「どこですか？」

「那芸神社だ」

「那芸神社……」

「じゃあ草薙剣はそこにあるんですね？」

「いや。般若恒成は草薙剣を那芸神社から盗みだしたんだ。そこには、もうないよ」

「でも、この御守りが父から託された物なら草薙剣が那芸神社にあるって事です」

つぐみが断言した。

「これ……」

つぐみが御守りの下の方を指さす。

「鳥居の右の柱の下を見てください。柱の下に一本、短いけど糸で横線が縫いこまれています」

「ホントだ」

「そういうことか」

犬飼が呟いた。

「何ですか？」

「般若恒成は那芸神社から草薙剣を盗みだしたと見せかけて実は草薙剣を那芸神社の鳥居の下に埋めたんだ」

「え……」

「考えてみれば草薙剣を持って逃げるのは難しい。目立ちすぎる。般若さんは草薙剣をその場に埋めて身軽になって逃げたんだ。草薙剣を遠くに隠したと思わせて。鳥居の下の横線は、そのことを表しているに違いない」

「でも草薙剣を盗んでから穴を掘るのは大変じゃないですか？」

理緒が反論する。

「予め掘ってあったのかもしれない。般若さんは、そういう計画を立てていた」

「どうして穴まで掘って隠したんですか？」

「発表する時期を待っていたんだろう」

「時期？」

「論文を発表する時期だ。論文の核心部分を発表するのと同時に般若さんは本物の草薙剣を提示するつもりだった。だから、その時期に盗みだすことを決行した。事前に盗みだせば何をされるか判らない。現に盗みだした後に殺されてるんだから。また発表してからでは何らかの手を打たれて盗みだせないだろう」

「そういう予想は立てていたかもしれませんね」

「そして、その予想は最悪の形で当たってしまったんだ。殺害されるという形で」

「〈祠剣会〉は般若さんが真相を発表することを阻止したんですね。殺してまで」

「ああ。でも般若さんは真実を娘に託していた」

「それが御守り……那芸神社の鳥居」

犬飼は頷く。

「行こう。那芸神社へ。本物の草薙剣がそこに埋められてる」

「だけど……。那芸神社はある意味〈祠剣会〉の本拠地ですよ」

「〈祠剣会〉は草薙剣が那芸神社にあることを知らずにいる。それに今はまだ俺たちの行方も知らないはずだ」

「ですね。僕たちも草薙剣が那芸神社にあることをさっき知ったんですから」

「問題は那芸神社に着くまでだ」

「着けますか？」

鯉沼が訊く。

「那芸神社は〈祠剣会〉系列の道場に囲まれています」

「調べたのか？」

「はい」

那芸神社の北側に剣道場、南側に空手道場があり常時〈虎泉組〉の構成員が詰めている。

「囲まれていると言っても北と南だ。東と西は空いている」

「判りました。なんとか突破するしかないですもんね」

「そういう事だ」

「でも突破できたとして那芸神社には神主さんがいますよね」

「神主の他にも数人が神社内の社務所で暮らしているはずだ」

「その人たちに、どうやって気づかれずに草薙剣を掘り返すんですか」

「夜中に掘るしかないですよね」

つぐみが言った。

「そうだな。だけど掘るには灯り(あか)がいる」

「小さな懐中電灯を買いましょう」

「灯りを点(つ)けたら気づかれないか？」

鯉沼が疑問を呈する。

「灯りなしでは掘ることは無理だろう」

つぐみがスマホを確認する。

「今日は満月に近いです。うまくいけば月明かりで掘れるかもしれません」

「それはいい情報だ。だけど念のために灯りも用意しよう」

つぐみと鯉沼が頷く。

「行こうか」

つぐみは力強く頷いた。

＊

〈グリーン協会〉事務所に轟征治朗が顔を見せた。

「轟さん」

十菱が出迎える。

「処分はまだか？」

「居所を突きとめていますので、もう間近かと」

轟が頷く。

「居所さえ判れば後は輪島、対比地に任せておけば間違いはない。こっちは肝心の草薙剣の在処を検討しよう。花川と柴を会議室に呼べ」

そう言い残して轟は会議室に入った。ほどなく十菱が花川と柴を伴って会議室に現れる。

「地図を」

轟に言われて花川がテーブルの上に地図を広げる。

「般若恒成は二十年ほど前、那芸神社から草薙剣のレプリカを盗みだして、いずこかに隠した」

花川と柴には本物ではなく草薙剣のレプリカが盗まれたと伝えてある。〈祠剣会〉にとって価値のあるレプリカだと。

「その場所を突きとめなければならない」

「出生地に舞い戻ったんじゃないですか？」

十菱が言う。

「出生地は島根県だが般若は盗みだした後、島根県に入ることなく命を落としている」

「草薙剣を盗みだした後の般若の足取りは？」

十菱に代わって花川が訊く。

「天橋立(あまのはしだて)の那芸神社から東京に向かった」

「東京で亡くなったんですか？」

「そうだ」

「東京のどこですか？」

「八王子(はちおうじ)だ」

「八王子……」

花川が眉間(みけん)に皺を寄せる。

「どうした？」

「八王子には般若の知りあいがいましたね」

「森田圭介か」

「般若は森田圭介に会いに行ったのでは？」

「そうかもしれない。だが会う前に死んでいる」

「会う前に……。般若が亡くなった時の遺留品の中には草薙剣はなかった……。つまり、その時点で既に草薙剣はどこかに隠していたという事ですね？」

「その通りだ」

「那芸神社から直接、八王子に向かったのですか？」

「いや。一旦、都内の自宅に戻っている」

「フットワークがいいですね」

柴峡子が呟いた。

「何？」

「剣を持っているにしてはフットワークがいいと思ったまでです」

轟は口を噤んだ。

「轟さん？」

「般若は草薙剣を那芸神社から持ちだしてはいなかったのかもしれない」

「え？」

花川が声をあげる。

「どういう事ですか」

十菱が罍に一歩、近づいて訊く。

「草薙剣は、まだ那芸神社にある」

罍の目が鈍く光った。

＊

ショッピングセンターで懐中電灯、スコップなどを買いそろえると犬飼は車を商業ビルの地下駐車場に入れた。

「どうしてここへ？」

「車を降りるんだ」

「え？」

「この車の情報をキャッチされている危険性がある。そろそろキャッチされてもおかしくない頃だ」

犬飼の言葉から鯉沼と理緒は、あらためてつぐみが対している相手の恐ろしさを感じた。

「ここからはタクシーで行く」

「電車ではなく？」

「駅で張られたら電車は危ない。タクシーなら乗るところを見られない限り安全だ」

「判りました。タクシー会社の電話番号を調べます」

「ありがとう。深夜タクシーがあるかどうかも調べてくれ」

「了解」

「ただし君たちは、ここで別れてくれ」

「え？」

「那芸神社へは俺と森田さんの二人で行く」

「ちょっと待ってください。僕も行きますよ」

「四人で動いたら目立つ」

犬飼の正論に鯉沼は反論の糸口を摑めない。

「それに君たちは相手に面が割れていない。今なら自由に行動できる」

「森田さんと離れるなんて今さらできない」

「鯉沼くん……」

「危険は承知です。でも……」

鯉沼はつぐみを見た。

「ここで君を置いていったら一生、後悔する」

「判った」

犬飼が言った。

「穴を掘り返して宝剣を運ぶんだ。考えてみれば男手はあった方がいいかもしれない」

「ありがとうございます」

「わたしも行きます」

「阿知波さんは残ってくれ」

「でも」

「今も言った通り四人で行動したら目立ちすぎる。三人が限度だ」

鯉沼が頷く。

「ただし阿知波さんには、やってもらいたい事がある」

「何ですか？」

「ある意味、草薙剣を見つけだすよりも危険なことだ」

阿知波理緒は唾を飲みこんだ。

*

海沿いの道をしばらく走ると犬飼はタクシーの運転手に「この辺で停めてください」と告げた。タクシーが路肩に停まり三人が降りると潮の香りがした。タクシーはUターンして去ってゆく。

「足がなくなりましたね」

鯉沼が言う。

「相手に気づかれずに掘りだせたら徒歩で大通りまで出て、そこで深夜タクシーを呼ぼう」

「はい」

「本当に掘りだせるかしら？」

「心配だよね」

つぐみの言葉に鯉沼が同調する。

「相手に見つからずに掘りだせるのか。そもそも本当に草薙剣が埋まっているのか。仮に埋まっていたとしても、それがレプリカなのか本物なのかは、どうやって見分けるのか？」

「埋まっていた剣がどんな剣なのか。まずは見るしかない。その後で専門家の時代測定は、もちろん必要だろう。だけどそれ以前に一目で判るような印があるはずだ」

「印？」

「その剣が公になったらまずいような印。だからこそ〈祠剣会〉はその事実を封印しようとしているんだ」

「ですね」

「行こう」

三人は那芸神社に向かって歩きだした。

＊

ラブホテルの表で犬飼とつぐみが車に拾われるのを目撃した対比地は瞬時に車のプレートナンバーを覚えると駐車場に引き返し輪島アリスと共に追跡を始めた。駐車場を出た頃には、すでに犬飼とつぐみが乗る車の姿は見えなかったが十菱からの情報提供を受け走り続けビルの駐車場で対象車を見つけた。だが、その車内に犬飼とつぐみの姿はなかった。

その後、柴峡子から連絡があり犬飼とつぐみを乗せたタクシーが天橋立方面に向かったことが判明し対比地とアリスは天橋立方面に向かった。

「天橋立に何があるんだ？」

「さあ」

対比地とアリスはさらに車を走らせ天橋立の近くまで到達した。信号が赤になり対比地は車を停める。

「後はどこを捜す?」

対比地がアリスに訊いたときアリスのスマホの着信音が鳴った。アリスは素早く通話ボタンを押す。

——那芸神社に向かえ。

轟の声だった。

——森田つぐみは那芸神社にいる。

——了解。

アリスがスマホをしまうと信号が青に変わり対比地は車を発進させた。

＊

天橋立に近い竹林の中に那芸神社は、ひっそりと建っている。森田つぐみ、犬飼大志郎、鯉沼駿平の三人は那芸神社近くの竹林を進んでいた。

「月は出ていませんね」

鯉沼が夜空を見上げる。

「ああ。雲が厚いようだ。懐中電灯を使うしかない」

鯉沼と犬飼はスコップを持っている。つぐみは大きなバッグ。その中には懐中電灯を始め必要な物が入っている。無言で進む三人の前で、とつぜん林が開け鳥居が現れた。

「これが……」

「那芸神社の鳥居だ」

犬飼が小声で言う。三人の目の前に平地が広がり鳥居が聳えたち、その奥に社殿が佇むのが見える。

「意外と大きい神社ですね」

鯉沼も小声で返す。

「人がたくさんいるかもしれない。くれぐれも気づかれないように」

鯉沼とつぐみは頷いた。三人は更に進んで鳥居に辿りついた。

「本殿と近いですね」

「でも掘るしかない」

「どこを掘ります？」

鯉沼が訊いた。

「鳥居のどの辺りか。前か後ろか右か左か」

「掘る場所を間違えたら大幅な時間のロスになるな」

「ええ。そんな余裕はありませんよ」

犬飼は考える。鯉沼も考えているのか口を噤む。つぐみは御守りを出して暗闇の中ジッと見つめた。

「どこを掘ればいい」

犬飼が途方に暮れたような声を出す。

「御守りには右の柱の下に横線が縫いこまれている。でも右の柱の前を掘ればいいのか後ろを掘ればいいのか」

「正面、だと思います」

「正面？」

「はい。神社の本殿から見て反対側です」

「どうして？」

「父が御守りを埋めたときのことを考えたんです」

「埋めたとき……」

「きっと神社から見えないように柱の後ろに隠れて掘りたくなったと思うんです」

「なるほど。たしかにそうだ」

「ですね」

二人もつぐみの考えに納得した。

「右側の柱の正面を掘ろう」

三人は鳥居の正面に回った。

「ここなら鳥居の柱に遮られて神社からは見えにくい」

それでも慎重を期して三人は神社からの視線に隠れるように神社と鳥居の柱を結ぶ線上に並ぶ形で位置を取った。つぐみはリュックサックを背中から下ろすと懐中電灯のスモールライトをつけて地面を小さく照らす。

犬飼はスコップを地面に突き刺した。角度を変えてグイッと土を掘り返す。鯉沼も少し離れた場所を掘り始める。二人は徐々にピッチを速めてゆく。掘り返された土が二人の背後に積もる。

音がした。犬飼は動きを止めた。鯉沼の動きも手で制する。つぐみはライトを消した。

那芸神社の本堂に人影が見える。つぐみはその人影を息を殺してジッと見つめる。人影はつぐみを見ているように見える。

＊

那芸神社の神主、野澤慎二が祝詞をあげに神殿に向かおうとしたとき社務所の灯明が消えた。

（妙だな……）

窓は閉めてあるので風が入りこむことはない。確かめようと灯明に近づいたとき固定電話が鳴った。野澤はすぐに受話器を取った。

――轟です。獲物がそこに向かっている可能性があります。

――那芸神社に？

――そうです。道場の者をそちらに向かわせました。獲物捕獲に協力してください。

――判りました。

野澤は神社内にいるすべての職員に連絡を取るべく拍子木を打った。

＊

微かに拍子木の音が聞こえた。つぐみの軀がビクッと震える。人影が社務所に入ってゆく。

「急ごう」

再びライトをつけて掘り始める。犬飼と鯉沼の額に汗が滲むのが見えた。コツンという小さな音が聞こえた。

「ん？」

鯉沼が動きを止める。

「どうした？」

「スコップが何かに当たりました」

つぐみはその部分にライトを当てる。穴の中に土まみれになったプラスティック製の板のような物が見える。

「慎重に掘ってみよう」

「はい」

犬飼は自分が掘っていた場所から移って鯉沼を手伝う。二人は再び無言で掘り始める。

つぐみはジッとその作業に光を当てる。その光線の先のプラスティックらしき板の面積が徐々に広がってゆく。細長い箱のようだ。

「もうすぐだ」

犬飼の言葉に鯉沼が無言で頷く。その言葉通り物体が見る見るうちに掘りだされてゆく。

犬飼が手を止めた。鯉沼も手を止める。目の前に細長い箱の姿がハッキリと見える。

犬飼が屈みこんで箱に手を伸ばし持ちあげようとする。鯉沼も手を貸す。二人で力を入れると箱が持ちあがった。

「慎重に」

二人はゆっくりと細長い箱を地中から持ちあげると地面に置いた。

「これでしょうか？」

「開けてみよう」

犬飼がしゃがみこんで留め具を探す。つぐみが犬飼の手元を照らす。長い辺の中央付近に留め具が見つかった。犬飼は留め具を外して蓋を開ける。

剣が見えた。剝きだしになった剣が箱の中にしまわれている。暗くて色などは判然としないが錆は見あたらないようだ。

「草薙剣ですね？」

つぐみの声は震えている。

「森田さん、袋を」

「はい」

犬飼に促されて返事をすると、つぐみはリュックサックから竹刀をしまう布袋を取りだして剣を摑む。つぐみは箱の中から剣を持ちあげた。剣には文字のような物が刻まれているが判読することはできない。つぐみは剣を布袋にしまった。

「これは？」

箱の中に古い冊子のような物が置かれている。

「古文書だろう。おそらく剣の由来が記されている。それもリュックに」

つぐみは頷くと古文書をリュックサックに入れる。

閃光(せんこう)が三人を貫いた。周囲が眩(まばゆ)いライトで照らされる。

三人は光源に目を遣った。ライフル銃の銃口が自分たちを狙っているのが目に飛びこんできた。

「逃げろ！」

三人は一斉に走りだした。銃声が鳴り響く。つぐみが倒れた。

「森田さん！」

「大丈夫です」

つぐみは起きあがった。

「躓いただけです」

走りながら応える。銃声が再び闇夜に響く。犬飼の足下の土が飛び散る。

「竹林だから狙撃の名手でも狙いにくくなっている。当たらないことを信じて走るんだ」

犬飼は走りだしていた。つぐみと鯉沼も後を追う。銃声が響いた。血飛沫が飛んで鯉沼が倒れた。

「鯉沼くん！」

つぐみは立ち止まって振りむいた。鯉沼が足を押さえて呻いている。押さえた指の間から血が溢れだす。つぐみは、しゃがんで鯉沼の足に手を当てる。

「逃げてくれ」

「でも」

再び照明で周囲が照らされた。三人は期せずして一斉に光源に目を遣る。

「銃を捨てろ！」

濁声が拡声器から放たれる。聞き覚えのある声だ。

「川端さん？」

鯉沼が顔をあげる。

照明はライフルを構えた女性を照らしている。輪島アリスである。照明がアリスに集中していてつぐみたちの姿は闇にまぎれている。

「阿知波さんは頼んだ事をきっちりとやり遂げてくれたようだ」

つぐみが頷く。犬飼は阿知波理緒に〝輪島アリスという狙撃犯が那芸神社に向かっている〟と通報するように頼んだ。輪島アリスを捕獲して自分たちの安全を確保するための保険だった。つぐみが警察に逮捕される危険もあったが命を落とす危険を回避することがそれよりも重要だとの判断からだった。また輪島アリスが逮捕されればつぐみの無実も証明されるだろうとの判断もある。

「鯉沼君。君を置いて俺と森田さんは逃げる」

「犬飼さん……」

つぐみが非難の目で犬飼を見る。

「まだ警察に事情を話す前に、やる事があるんだ」

「鯉沼くんを置いて行けないわ」

「輪島アリスは警察に包囲されている。もう大丈夫だ」

「だったら、あたしたちもゆっくり警察に保護してもらえば」

「草薙剣が本物だと証明されるまで警察に没収されたくない」

つぐみは犬飼の言葉の意味を考える。

「握りつぶされるって事ですか？」

「その危険性がある。不安なんだ」

「当てはあるんですか？　本物だと証明する」

「ああ」

犬飼が肩で息をしながら答える。

「判りました。行きましょう。いい？　鯉沼くん」

「もちろんだ。早く行ってくれ。急いだ方がいい」

銃声が響いた。ドサリと人が倒れる音が響く。犬飼が輪島アリスを指さした。つぐみは息を飲んだ。輪島アリスが倒れている。警察官の発砲した銃弾に撃たれたのだ。

「行ってください。僕は安全のようです」

鯉沼の言葉に頷くと犬飼はつぐみに「行こう」と促す。「鯉沼くん。本当にありがとう。それに怪我をさせてしまってごめんなさい」

「そんなことは良いよ。それより早く、やるべき事をやるんだ」

つぐみは頷くと犬飼と共にその場を立ち去った。

＊

帝松翠嵐の秘書である若い女性が固定電話で一言二言話すと保留のボタンを押してから受話器を置く。伊豆にある帝松翠嵐の別荘である。特定の連絡以外は秘書を通して固定電話で受けるのが帝松の習わしである。

　秘書は電話があったことを告げに書斎に向かった。

「帝松様」

　ドアをノックしてから声をかける。が、返事はない。秘書は、もう一度ノックして声をかけるが、やはり返事がない。厭な予感を抱えつつ秘書は、ゆっくりとドアを開けた。帝松がデスクに突っ伏していた。デスクの上には睡眠導入剤らしき瓶の蓋が開けっ放しになっている。

「帝松様……」

　驚いた秘書が駆けよって肩を揺すり呼びかけるが帝松は既に絶命しているようだ。

　デスクの上には睡眠導入剤らしき瓶の他に半紙と硯、筆が置かれている。半紙には帝松の筆で〝まほろば〟と書かれていた。

「まほろば……」

　秘書にはその意味するところは判らなかった。

＊

　つぐみは草薙剣を携え一人で森田圭介の元を訪ねていた。

「驚いたな」

　草薙剣を目の前にして森田圭介は溜息を漏らした。

「驚くべき話だよ」

　つぐみから事情を訊いた森田圭介は呟くように言った。

「真実だと確信しています」

　つぐみの言葉に圭介は頷いた。

「では、この剣が古代から伝わる本物の草薙剣？」

「はい」

　圭介は剣をしげしげと見つめる。

「文字が書かれているでしょう」

　つぐみが示した箇所に圭介は顔を近づける。

「書いてあるね」

「解読できますか？」

「僕は古代日本語は得意ではないんだよ」

「日本語ではないようです」

「え？」

　森田は慌てて文字らしき文様を見直す。

「あ」

　森田が声をあげる。

「見覚えがありますか？」

「ルーン文字のようだな」

「ルーン文字？」

「最初期のアルファベットだよ。ルーンというのは〝秘密〟を意味していて、それぞれの文字に神秘的な意味が付与されているんだ。だから秘密の情報を記すときなどに使われたんだ」

「英語ですか？」

「現代のアルファベットと深い関係がある文字ではあるね。スカンジナビアなどの北欧、ドイツ、ブリテン島などで使われていた。だいたい二世紀頃に始まって五世紀から六世紀、スカンジナビア半島の一部では十七世紀まで使われていた。武器に記されることが多かったんだ」

「やっぱり森田さんを訪ねて良かった」

「でも、これは日本の剣ではないな」

「どうしてですか？」

「だって古代日本語じゃなくてルーン文字が記されているんだから」

「それですね。〈祠剣会〉が草薙剣を隠さなければならなかった理由」

「え？」

「草薙剣が日本の剣じゃなかったなんて知られたら〈祠剣会〉の依って立つ根本理念が崩れてしまいますもの」

圭介のスマホが鳴った。

「知らない番号だ」

圭介がディスプレイの表示を見ながら言う。

「出てください。犬飼さんかもしれない」

「わかった」

圭介が通話ボタンを押す。

――森田圭介さんですか？　犬飼です。

電話は、やはり犬飼からだった。

――いま井上照志教授のもとに来ています。

つぐみがすばやく圭介に「父の知りあいだった人です」と説明する。

――実は草薙剣と一緒に那芸神社が古代より保存している古文書があったんです。その解読を井上教授にお願いしていました。

――解読できたんですか？

――はい。

――古文書には何て？

――その剣は天皇家を証明する宝剣、草薙剣であると明記されていました。

――それは変ですね。

――と言うと？

――草薙剣には文字が記されていたんですが日本の文字じゃないんですよ。

――日本の文字じゃない……。中国の文字、あるいは朝鮮の文字ということですか？

――いえ。ルーン文字です。

――ルーン文字……。それは何ですか？

――北欧などの古い文字です。

――北欧？

――はい。どうしてそんな文字が草薙剣に記されているのか判りません。だから変だと言ったのです。

——なんて書いてあるんですか？

——判りません。これから解読を試みます。

——お願いします。


犬飼は通話を切った。

「つぐみちゃん。井上教授の分析によれば、その剣はやはり草薙剣のようだ」

「文字は読めますか？」

「やってみよう」

森田はタブレットを持ちだして操作し始めた。

「最初の文字は〝カ〟と発音すると思う」

「〝カ〟ですか」

「だけど後の文字が腐朽が進んでいて読みづらい」

「修復する方法はあるんですか？」

「物理的には僕には無理だ」

「修復の専門家に頼むしかないんでしょうか」

「パソコンに画像修復プログラムがある。それを試してみよう」

森田圭介はタブレットで草薙剣の文字の部分を写真に撮りさらに操作を進める。

「腐朽した部分が鮮明になったよ」

森田圭介はつぐみに修復された画像を見せる。

「読めますか？」

「カレトヴルッフ」

「え？」

「カレトヴルッフだ」

「カレトヴルッフ……」

「驚いたな」

「どういう意味ですか？」

「信じられない事だが……」

森田圭介の眉間に深い皺が寄る。

「エクスカリバーという意味だ」

「エクスカリバー？」

森田圭介は頷く。

「カレトヴルッフという言葉は中世のウェールズ語写本から収集した物語を収録した書物に載っている。聖剣とされ剣身には炎を発する二匹の蛇が描かれていた」

「炎を発する二匹の蛇……」

「そのカレトヴルッフがラテン語のカリブルヌスという名で海を渡りフランスでエスカリブールに変化した後イギリスに逆輸入されてエクスカリバーという言葉になった。エクスという接頭語自体には意味はない」

「草薙剣にエクスカリバーと記されているということですか？」

「ああ。つまりこの剣は草薙剣じゃない。エクスカリバーなんだ」

「この剣はエクスカリバー……」

「でも、そんな事がありうるだろうか？」

つぐみは答えない。

「ありえないよね。でも実際にそうなんだ。刻まれた文字がそのことを証明している」

「違う」

「え？」

「違うと思います」

「信じられないのは僕も一緒だよ。でも事実が証明している」

「解釈が違うんだと思います」

「解釈？」

「はい」

「どういうこと？」

「その剣は草薙剣なんです。事実が証明しているというのなら一緒に保管されていた古文書がそのことを証明しています」

「なるほど。古文書の存在を忘れていた。ならば、どうなる？　草薙剣に〝エクスカリバー〟と記されていた意味は？」

「草薙剣とエクスカリバーは同じものなんです」

「ええ？」

森田圭介は呆れたような目をつぐみに向ける。

「いま圭介さんが教えてくれた〝エクスカリバーに炎を発する二匹の蛇が描かれていた〟こと。これは草薙剣が八岐大蛇の尻尾から出てきたことと繋がります」

「なるほど。だけど……。だからといって両者が同じ剣だなんて、それはない。草薙剣は三種の神器の一つだ。つまり天皇であることを証明するものだ。対するエクスカリバーはアーサー王伝説に出てくるアーサー王を証明するものなんだ」

「アーサー王ではありません」

つぐみの頭がフル回転を始めている。

「アレキサンダー大王です」

「アレキサンダー？」

「はい。前に森田さんが教えてくれましたよね？　アーサー王の伝説はアレキサンダー大王の事跡が元になっているんじゃないかって」

「そうだったな」

「つまりエクスカリバーはアレキサンダー大王が携えていた剣なんです。王位を証明する剣です」

「それがどうして日本に？」

「アレキサンダー大王が日本に来ていたからです」

「なんだって」

「そう考えるしかないですよね？」

「そんな馬鹿な」

「草薙剣にカレトヴルッフすなわちエクスカリバーと記されている理由は、そう考えることでしか解決しません」

「だけど……。それはおかしいよ」

「どこがですか？」

「だって、もしアレキサンダー大王が日本に来ているのなら記録が残っているはずだよ。あれだけの偉人だ。大人物だ。日本に来たら日本の王になっていたかもしれない」

「そうですよね」

「納得した？」

「はい。アレキサンダー大王は日本の王になっていたんです」

「いや、だから記録に残ってないんだよ」

「記録なら残っています」

「どこに？」

「古事記にです」

「それは初耳だな。古事記のどこにアレキサンダー大王の記録が残ってるんだ？」

「神武の章です」

「え？」

「神武天皇がアレキサンダー大王なんです」

「なんだって……」

　森田圭介は言葉を失った。

＊

　疊征治朗が〈祠剣会〉会長室の窓から外の街路樹を眺めているとノックもなしにドアが開いた。振りむくと二人の私服刑事の姿が見えた。川端刑事と小倉刑事である。

「罍征治朗。殺人教唆の疑いで逮捕する」

川端刑事が告げる。罍は部屋の中央の刀掛に掛けてある草薙剣のレプリカを手に取り振りあげた。小倉刑事がスーツの内側の拳銃に手を遣る。罍は草薙剣のレプリカをビュンッと一振りする。

「帝松先生が自死されたときに残された〝まほろば〟の意味が判りますか？」

罍は草薙剣のレプリカを刀掛に戻しながら二人の刑事に訊いた。

「いや」

川端刑事が応える。

「古事記の景行天皇の章に記されている〝倭は国のまほろば〟の事です。すなわち〝大和は国の中で最も良い国だ〟という意味です」

「それが？」

「それが帝松先生の、そして我ら〈祠剣会〉の根底をなす考えなのです。すなわち日本こそが世界のあらゆる国の中で最も優れた国なのだという自負です。それが古事記に記されている」

「国に優劣などないと俺は思うがな」

「人に優劣があるように国にも優劣がありますよ」

川端刑事は罍を見つめるだけで答えない。

「行きましょうか」

罍がそう促すと二人の刑事は手錠をかけずに罍を連行した。

＊

西新宿にあるバー〈ボランチ〉に森田つぐみ、鯉沼駿平、阿知波理緒、犬飼大志郎、千葉貴子の五人が集まっている。今日は貸切だった。壁の液晶ディスプレイには報道番組が映しだされている。昨日、行われた、つぐみと犬飼の記者会見の模様である。司会をしているのは千葉貴子だ。

輪島アリスと対比地翔は銃刀法違反および殺人未遂の罪で逮捕された。那芸神社で輪島アリスは警察官により狙撃されたが銃弾は右足の太股を貫通しただけで命に別状はなかった。輪島アリスをためらいなく撃った狙撃手は川端刑事で、輪島アリスが民間の射撃大会で準優勝の成績を収めたときの優勝者だった。

また〈グリーン協会〉事務所にも強制捜査が入り、十菱仙蔵以下、従業員たちも逮捕された。さらに犬飼は警察に〈祠剣会〉の関与と、その背後の〈華席院〉、さらには帝松翠嵐の関与まで申告している。いずれ警察の捜査が及ぶものと思われる。

――私たちはこの剣が本物の草薙剣であると確信しています。

犬飼の言葉に記者会見の会場が一気にざわめいた。

「つぐみは、やっと安全になったのね」

テレビ中継が終わると阿知波理緒が言った。

「理緒、ありがとう」

「わたしは何もやってないって」

「協力してくれたじゃない。鯉沼くんも」

「そんな事ないよ」

「謙遜(けんそん)しなくていいわよ」

千葉貴子が言った。

「わたしたち、みんなそれぞれ働いたのよ」

「だな」

犬飼も同意する。

「マスターも」

マスターは料理を作る手を止めずにニッと笑う。

「みんな、あたしを助けるために……」

「そればかりじゃないわ。わたしと犬飼さんはジャーナリストよ。真実を報道するために働いたのよ」

「千葉さん……」

「そして真実が明らかになった」

千葉貴子が仕掛けた放送によって、つぐみと〈祠剣会〉を巡る一連の動きが明るみに出た。つぐみを亡き者にしようとした〈祠剣会〉の動きは元より、その元になった般若恒成の死と、それを内部告発しようとして亡くなった〈祠剣会〉会員のこと。そして草薙剣を巡る歴史の謎……。さらに神武天皇がアレキサンダー大王であったことの可能性が示され学界で、いや日本中で論争が巻き起こっている。

「今から思えば熱田神宮に伝わる実見記録は草薙剣が海外からやってきたことを示していたのね」

千葉貴子が呟いた。

「何だい？　それは」

「熱田神宮に伝わる実見記録から熱田神宮の剣は渡来の剣だと推測されるのよ」

「そんな記録があったんだ」

「そう。わたしはそれを知っていたけど、それが何を意味するのかは気づかなかった」

「答えはそこにあったわけか」

貴子が頷く。

「つぐみは、よく神武天皇とアレキサンダー大王が同一人物だって思いついたわね」

理緒が言った。

「父が草薙剣とエクスカリバーが同じ剣なんだと解き明かしたからよ」

「そうか。お父さんが最初に凄いことを思いついたのね」

「般若恒成さんには森田さんの胸の痣がヒントになっていたのかも」

「え？」

千葉貴子の言葉に、つぐみは思わず訊きかえした。つぐみの胸にX字型の拳大の痣があることはネットで拡散され週刊誌などでも後追い報道され知れ渡ってしまっている。

「あの痣、二本の線がどっちも剣に見えない？」

つぐみは少し考えてから頷いた。

「草薙剣を調べていた般若恒成さんには、その線が一本は草薙剣に見えたんじゃないかしら？」

もう一本がエクスカリバー……。

「そうかもしれないですね」

つぐみは納得した。

「でも証明されるのかしら？　つぐみが見つけた草薙剣が本物だって」

「されるよ」

　理緒の疑問に鯉沼が答える。

「〈祠剣会〉が必死になって隠そうとしたことが証明になってる」

「そうよね」

「でもそれは物的証拠じゃないのよね」

　つぐみが言った。

「そう推論されるというだけで」

「物的証拠、動かぬ証拠もきっと見つかるわよ」

　千葉貴子が言う。

「森田圭介さんや井上教授が動いてくれてるし、今は日本中の専門家が証明に取り組んでいるんだもん」

「そうだよね」

「あたしは証明されなくてもいいと思っている」

「つぐみ……」

「草薙剣が本物かレプリカかはどっちでもいい。大事なのは真実が明らかになることだもの」

「真実が……」

「そう。あたしは、それが知りたいだけ。その真実が〝草薙剣は本物〟でも〝草薙剣はレプリカ〟でも受けいれるつもりよ」

理緒は頷いた。

「それに……」

「それに？」

「自分で出した結論に腑に落ちない点もあるの」

「腑に落ちない点？」

つぐみは頷く。

「どこが？」

「エクスカリバーより草薙剣の方が古いところ」

「草薙剣の方が古い……」

「そう。アレキサンダー大王が日本にやってきて神武天皇になったのなら、当然、神武天皇よりもアレキサンダー大王の方が古い記録が残ってるはずよね？　剣だって草薙剣よりもエクスカリバーの方が古いはず。なのに残っている記録は草薙剣の方が古い」

「そうだな」

犬飼が答える。

「だけど太古の話だ。多少の誤差は仕方ないんじゃないかな」

「そうですね。でも、あたしは、すべてが理に適わないとスッキリしないんです。だから父がどうして奈良で石を探していたのかも気になり始めて」

「何の話？」

「あたしの幼い頃の記憶です。河原で父と一緒に石を探していた記憶があるんです。その石は餅鉄という特別な石でした」

「餅鉄……」

「普通の石よりも比重が重いんです。森田圭介さんからその川は奈良県の高取川だって教えてもらいました。奈良県の橿原神宮の脇を流れています」

「それがどうして気になるの？」

「橿原神宮って神武天皇が即位した場所なんです。そこに何か意味があるんじゃないかって思えるんです」

「つぐみは学者に向いてるかも」

理緒が言った。

「そうかもしれない。あたしは、これからも草薙剣の問題を追究したいと思ってるから」

「これからも？」

「うん。大学院に進みたいの。それで研究を続けたいのよ」

「そうか」

「それが、あたしの運命のような気がしているから」

「運命？」

犬飼が訊いた。

「はい。あたしは自分のトラブルに様々な人を巻きこんでしまいました」

「殺されたクラスメイトのことを言っているのなら悪いのは君じゃなくて犯人だ」

「そうよ」

千葉貴子も犬飼に同調する。

「判っています。でもあたしは、これからも、そのことから逃げてはいけないと思っています」

つぐみの目に迷いはなかった。

「さあ。料理ができましたよ」

マスターの大きな声が店内に響いた。

「森田さんが自由の身になったお祝いだ。乾杯しよう」

犬飼が言うと五人の顔に笑顔が戻った。

＊

森田圭介が児童養護施設〈ライフポート〉を訪ねていた。

「森田さん……」

園長の内野旭と妻の実枝子が出迎える。

「内野さん。今お時間は？」

「大丈夫です。裏の農園に出かけるところでしたが」

「お供します」

三人は連れだって裏の農園に向かった。園児たち数人が挨拶をする。

「つぐみさんに本当のことを言えませんでした」

森田圭介が切りだした。

「私たちもです」

「般若に固く口止めされていましたから」

「つぐみちゃんには本当のことを伝えるべきでした」

「今からでも遅くはありませんが」

「そうですね。ただ般若さんとの約束は破ることになります」

「生きている人間と死んだ人間、どちらが大切でしょうか？」

森田圭介の言葉に内野夫妻は同時に頷いた。

「今からでも遅くはない。つぐみちゃんには本当のことを言った方がいいですね」

内野夫妻も森田圭介の考えに同意した。

「般若が那芸神社から草薙剣を盗みだす直前、私は般若から頼まれました」

圭介が話を続ける。

「自分に何かあったら娘を頼むと」

「般若さんは草薙剣を盗みだす決意をしたんですね。それで予め、つぐみちゃんの危険を予感してあなたに預けた」

「般若は、こうも言いました。手に負えないと思ったら〈ライフポート〉の内野を頼れと」

「般若さんとは古い馴染みです」

森田圭介が頷く。

「ただ固く口止めもされてしまった。実の親が誰かを絶対に話してはならないと」

「〈祠剣会〉に気づかれるのを恐れていたんでしょうね」

「今から思うと先見の明がありました」

「御守りだけを託して。しかも丁寧に神社名を抜き取った御守りです」

「般若さんは、あの御守りがつぐみちゃんを守ると信じていました」

内野旭の言葉に実枝子が頷いた。

「あの言葉は何だったんでしょう?」

内野旭が言った。

「あの言葉?」

「〝草薙剣は大和に戻すべきだ〞という言葉です」

「般若が言ってましたね」

「ええ。意味は教えてくれませんでしたが」

「父がそう言ったんですか?」

若い女性の声がして三人は振りむいた。つぐみが歩いてくるのが見えた。

「つぐみちゃん……」

「それで判りました。腑に落ちないところが腑に落ちました」

三人の元にやってくるとつぐみが言った。

「いったいどういうこと?」

「逆だったんです」

「逆?」

「はい。それを父は見抜いていたんです」

「いったい般若は何を見抜いていたんだ?」

「アレキサンダー大王が神武天皇になったんじゃなかったんです」

「え、でもそれは君が主張している事じゃないか」

「そこが逆だったんです」

つぐみはまっすぐに圭介を見た。

「神武天皇がアレキサンダー大王になったんです」

「ええ?」

圭介も内野夫妻も口を開けたまま閉じることを忘れている。

「神武天皇がアレキサンダー大王に……」

圭介が呆けたように呟く。

「父が言った〝神武天皇はいなかった〟という言葉。ずっと気になっていました」

「神武天皇はいなかった……。たしかに般若さんはそう言っていた。もともと神武天皇は日本にいなかったという意味だろう? アレキサンダー大王が日本にやってきて神武天皇になったのなら」

「いいえ。もともと日本にいた神武天皇がその後は日本にいなかったという意味だったんです」

つぐみの説明を聞いて森田圭介と内野夫妻は呆然としていた。

「父は草薙剣が日本で造られたと考えていたんだと思います。だから奈良の高取川で草薙剣の材料である餅鉄を探していた。でもそれは父が神武天皇とアレキサンダー大王が同一だと考えたにしては腑に落ちない点です」

「アレキサンダー大王が剣を携えて日本にやってきたのなら剣は西洋で造られたはずだ」

「はい。でも父は剣が日本で造られたと考えていた。〝草薙剣は大和に戻すべきだ〟という父の言葉を聞いて繋がりました」

「繋がって何が判った？」

「神武天皇は日本から西洋に進んでいったんです。東進じゃなくて西進だったんです」

「神武天皇が日本から西洋に渡った？」

「はい」

「そんな馬鹿な。神武天皇の先祖は天孫降臨で九州の地にやってきたんじゃないか」

「やってきたんじゃありません。天孫降臨の地は降りたった地ではなくて旅立っていった地なんです」

「九州が旅立っていった地……。どうしてそんな事を考える？」

「時系列が合わないからです」

「時系列……」

「神武天皇の方がアレキサンダー大王よりも古いんです」

「それは伝説だからじゃないのか？」

「伝説ではありません。草薙剣という物証があります」

「それは……」

「神武天皇がアレキサンダー大王になったとしても説明できますよね？　草薙剣とエクスカリバーが同じものだった理由」

　圭介はしばし考える。

「いや。それは無理だ」

「どうしてですか？」

「その説だと肝心の剣が西洋に渡ったことになる」

「あ」

　内野旭が声をあげる。

「たしかにそうだな。剣が日本にある以上、やっぱりアレキサンダー大王が神武天皇になったんだよ」

「剣だけ返したんじゃないでしょうか」

「え？」

「西洋に渡って王となった神武は、剣だけ日本に返したんです」

「剣だけ日本に……」

「何のために？」

「自分の代わりにです」

「自分の代わり……」

「三種の神器は、もともと初代天皇が自分の分身として造った依代、御霊代ですから」

「たしかに三種の神器は依代だ。三種の神器の一つである草薙剣も、当然、依代だろう」

「神武天皇も日本に帰りたかったんじゃないでしょうか？　でも時間的にも立場的にもそれは不可能。だったら自分の代わりに剣だけでも返そうとしたんだと思います」

「それが般若恒成の言う〝大和に戻すべきだ〟という言葉なのか？」

「だと思います。神武天皇は大和に朝廷を開きました。剣をそこに返すべきだと父は考えたんだと思います」

　圭介も内野夫妻もつぐみの言葉を考えている。

「そしてその剣が戻った道筋がアレキサンダー大王の東進伝説を生んだんだと思います」

「東進が、剣の進んだ道だった？」

「はい。神武天皇の分身です。日本書紀によれば神武天皇は塩土老翁の〝東に美き地有り〟という言葉に従って九州日向から東進を続けて大和地方を平定したとされていますけど〝東に美き地有り〟というのは日本のことだったんじゃないでしょうか」

「〝東に美き地有り〟が日本……」

「はい。西洋を征した神武天皇が望郷の気持ちで西から見た日本です」

圭介は唸った。

「君はそのことを……」

「ライフワークにしようと思っています」

「ライフワーク……」

「神武天皇の、アレキサンダー大王の、そして剣の道筋を辿ってみたいと思っています」

「そうか」

圭介が相槌（あいづち）を打つと内野夫妻が頷いた。

「力になれることがあったら何でも言ってくれ」

「ありがとうございます」

颪が吹いた。つぐみにはその颪が古代から吹いてきた颪のように感じられた。

《主な参考文献》

＊本書の内容を予見させる恐れがありますので本文読了後にご確認ください。

『古事記』倉野憲司校注（岩波文庫）
『古事記　天皇の世界の物語』神野志隆光（ＮＨＫブックス）
『三種の神器〈玉・鏡・剣〉が示す天皇の起源』戸矢学（河出書房新社）

＊その他の書籍、および新聞、雑誌、インターネット上の記事など多数参考にさせていただきました。執筆されたかたがたにお礼申しあげます。ありがとうございました。

＊この作品は架空の物語です。

本書は、ハルキ文庫の書き下ろしです。

女子大生(じょしだいせい)つぐみと古事記(こじき)の謎(なぞ)

著者　鯨(くじら) 統一郎(とういちろう)

2018年6月18日第一刷発行

発行者　角川春樹

発行所　株式会社角川春樹事務所
〒102-0074 東京都千代田区九段南2-1-30 イタリア文化会館

電話　03(3263)5247(編集)
03(3263)5881(営業)

印刷・製本　中央精版印刷株式会社

フォーマット・デザイン　芦澤泰偉
表紙イラストレーション　門坂 流

ISBN978-4-7584-4171-1 C0193 ©2018 Toichiro Kujira Printed in Japan
http://www.kadokawaharuki.co.jp/[営業]
fanmail@kadokawaharuki.co.jp[編集]　ご意見・ご感想をお寄せください。

歌うエスカルゴ

津原泰水

編集者の尚登は突然会社を解雇され、吉祥寺の家族経営の立ち飲み屋で働くことを指示される。しかも店の主が引退、長男の「ぐるぐる」に拘るカメラマン・秋彦によって、エスカルゴメインのフレンチの店に改装するという。思い悩む尚登は秋彦に連れられ、三重で本物のエスカルゴを味わい……。奇才・津原泰水が本気で挑んだ、エンターテインメント料理小説！

ハルキ文庫